总有一次回头

令你潸然泪下

那时时光慢
我可以等你很多年

我们就那么并排站着，
牵着手，
什么都不说，
任时光一点一点，
慢慢地去往地老天荒。

ZONGYOUYICI HUITOU

LIKUNI SHANRAN LEIXIA

总有一次回头
令你潸然泪下

宁　子◎著

北方联合出版传媒(集团)股份有限公司

万卷出版公司

2017·沈阳

ⓒ 宁 子 2017

图书在版编目（CIP）数据

总有一次回头 令你潸然泪下 / 宁子著 . — 沈阳 : 万卷出版公司 , 2017.7
ISBN 978-7-5470-4505-3

Ⅰ . ①总⋯ Ⅱ . ①宁⋯ Ⅲ . ①故事 – 作品集 – 中国 – 当代 Ⅳ . ① I247.81

中国版本图书馆 CIP 数据核字（2017）第 091280 号

出版发行：北方联合出版传媒（集团）股份有限公司
　　　　　万卷出版公司
　　　　　（地址：沈阳市和平区十一纬路25号　邮编：110003）
印 刷 者：沈阳海世达印务有限公司
经 销 者：全国新华书店
幅面尺寸：145mm×210mm
字　　数：195千字
印　　张：10
出版时间：2017年7月第1版
印刷时间：2017年7月第1次印刷
出 品 人：刘一秀
责任编辑：张雪娇
插　　图：木 言
装帧设计：徐春迎
责任校对：彭力胜
ISBN 978-7-5470-4505-3
定　　价：36.00元

联系电话：024-23284443
传　　真：024-23284521
E-mail：vpc_tougao@163.com

目录

contents

温润清凉的心——我读宁子

沈嘉柯　著名作家、蝉联当当两届文学贡献榜

宁子的文字，有一种淡淡的笃定。永恒的。如同她小说里面的主角，都有着聪慧又温柔的气质。

她写一个女孩爱着一个男生，可以慢慢地等。就像去上学坐车一样，慢慢地等。等着那个男孩长大，也等着自己长大。多年以后，他们在列车上相逢。那不是别的，就是一种特别的心气劲。相信美好的爱情，还有自己喜欢的人，是值得等待的。

她写一对口味不同的恋人。在喜欢辣与热爱清淡之间，彼此厌倦而痛苦。喜欢吃辣的女孩，一直忍让男友，也就是所谓的迁就。而女孩，在吃中领悟，得以反省自己的心，找到想要的答案。我们都是凡俗男女，找一个人相爱，在一起，想要天长地久，也想要吃得快乐。

她写一个小姑娘，崇拜着一个年轻的女老师。那个女老师会让自己的学生穿得漂漂亮亮，也会提醒小女孩们，不要穿很短的裙子。这是多么温暖而体贴的女子。其实这也是生活中，存在着的明亮。那就是最好的大人，会教给小孩子正确的方式，来打开这个世界。

宁子的文字叙事方式不同于其他的女作家。她不会故意去写惨烈情节歇斯底里揪疼人的心。

她写下来的故事，很平静，很温柔，却有力量。这很像风吹过了海面，我们看见了波光粼粼，海面之下，藏着庞大的水体，克制内敛。

她甚至还写到了自己在飞机上偶遇的陌生人，那么直截了当地寒暄。萍水相逢的人，也能成为心有灵犀的知己。友人生活在青海，她在不同的城市流转或安定，彼此总有联系，却难得碰一面。却可以有这样的对话，她说：再不见，就老了。而他却说：老有什么可怕的，我只怕再不见，就忘了……

这是高山流水的情人吧，任何人都无法质疑它的干净温暖。

如实如常，方为好故事。如实如常，并不意味着平淡，甚至是更多的惊喜和精彩。

有一篇故事里，女主角跟女孩小薇，一起发现了一口深井。那里面居然有游动的大鱼，大到令人惊讶。于是，这也成了只有她们两个人享有的秘密。长大以后，好朋友分开，各自去找各自的人生，各自有了不同的恋爱和生活。但是 18 岁之前，交过的好友，一起探寻的秘密，一起在树林子里觅过幼蝉，化为神秘的回忆。

宁子的笔下，不管是写恋人的等待，写童年的老师，还是写怀念的友情，都有着深深的笃定。

每个作家写下的文字，或多或少，都想告诉看到的人一点东西。只不过那种东西，有时候可以直言相告，有时候又不可名状，无法挑明，必须通过那些小小的细节，一个一个的人物，一段一段的故事，来抵达心领神会。

我在想，宁子想告诉我们什么呢？也许是那些出现在我们身边的人，陪伴我们度过了春夏秋冬一年四季，这聚散本属缘分。有的人会不辞而别，有的人会默默退出，还有的人会等到最好的时光。

有的令我们启悟，有的让我们想念，有的教我们长大，聪慧开窍，有的使我们酒逢知己，难得一醉。

他们都是命运赠给我们的礼物。

那些人儿带给我们的改变，像河水长期抚摸过河床上的石头，你再次经过河边，就能捡起温润又清凉的鹅卵石。

当宁子用极好的文字写下他们，写成故事，你读到的时候，那份温润清凉，会从你的手心，传到胸口。

那时时光慢

NASHI
SHIGUANG MAN

我们就那么并排站着，
牵着手，什么都不说，
任时光一点一点，
慢慢地去往地老天荒。

叫小薇的姑娘那么多，而我只遇见了她

后来我知道，
其实是我们太年轻的缘故，
年轻总是薄情又善忘。

1

　　远离城市喧闹的宽敞院落，红砖碧瓦，白桦参天。青色石板路，墙边长满青青翠竹，有大片草坪。不知名的小野花在初夏的风中摇曳。守门的大伯在南端院墙边开辟了一片菜园，红色的番茄和青绿的小瓜都已爬满藤蔓……

　　没有车水马龙，灯红酒绿，没有电视、网络和手机……浅浅灯火笼罩大院寂静夜晚，开着窗，可以听到远处池塘的蛙鸣……

　　恰如世外桃源。

可是，如果那是多年以前，那是你的 18 岁，被安置于此，人生是否如一场噩梦？荒凉孤寂到无法收拾。

是的，那正是我 18 岁的初夏，离开一所职业学校，拿着一纸单薄的分配令，在县城某局报到后的第三天，被一辆局里租来的大客车，送到了离县城十公里外省道旁的孤单院落。

这里是局里做农副产品出口的某部门的加工储藏基地，当年分入局里的所有新人，无一例外被安置于此。

城乡没有公交车的年代，班车两周一次，新人却无周末，只有每月三天的轮休……这意味着，我们都将很多天不能回家、回县城。要一直一直，在这个寂寞院落中消磨青春。

看不到尽头。

18 岁的我还是个胆怯的姑娘，没有勇气没有胆量更没有能力和任何一种命运抗争，只有沉默和无助。

2

那个午后，我一个人走进那间房子，把简单行李丢在宿舍一角，看着素白墙壁和两张冷漠的铁床，忽然不能自已，眼泪唰唰落下来。

忽然听到门响，我挂着一脸的泪回过头去，便看到她，身形清瘦，眉目纤细的小薇。

之前我并不认识她，只是在来时的车上，她坐在我前面的位置，我听到有人叫她的名字。是这两个字。

小薇一直走到我身边，拍拍我肩膀，说道："我跟别人调房间了，我们一屋可好？"她说，"我想陪着你呀，哈哈，我喜欢你。"

因为瘦，她看起来好像不到 16 岁，神情却那么笃定，眉眼一直挂着笑，声音好听又爽利。

我用手背拂去眼泪，不知为什么，心里忽然踏实下来，

我说："好。"

小薇便叮叮当当地搬了进来。

她显然是个爱热闹的姑娘，有非常多的东西：衣服，化妆品，毛绒玩具，相册，手写信件……大小不一的箱子盒子填满半个房间。

她铺了暖色的卧具，挂了素花的窗帘，墙壁贴了流行的明星贴画……我看着，恍然觉得回到了家中自己的小屋。

都是一样的气息。

收拾停当后，小薇退到门边打量，片刻，拍拍手，心满意足地转过头，冲我微笑。

小薇笑起来的时候，眼睛便成了一条线，不好看，但是可爱。

那是我们的初见，消瘦的小薇带着一股子我说不清楚的力量，席卷了我 18 岁即将开始的夏天。

3

工作何等枯燥啊！

每天早上，要穿那种很厚很厚的棉衣进入零度的库房，把不久前存储的放入特制塑料袋中的新鲜蒜薹进行通风处理。又在下午的固定时间进行封闭。

整个世界都充斥着青蒜薹浓烈的气息，把工作服丢很远也无济于事。有一天下班后，我对小薇说："你闻一闻，我的头发都是蒜薹的味道。"

她笑起来："真的呢。"然后，她跑出去了一会儿，不知道从哪里找到了一个很大的木盆，又拉着我去食堂打来足够的开水。

那天晚上，我俩洗了一个美好的泡泡浴，

后来，我们便把每一个夜晚都洗出清爽的味道。

蒜薹终于在两个月后卖掉了。到了秋天，库房里开始储存那种很大很好的苹果。每次分拣，小薇总有本事偷偷带几个最大的回宿舍。

我在那段时间因为吃了太多甜度过浓的苹果终于引起牙龈发炎，后来越来越严重了，吃药也无济于事，小薇只好带我去外面找卫生室，打了三天吊针。那个开药的医生在知道了原委后笑得不行。

而我一边输液，也一边和小薇笑得不行。

4

我和小薇，好像几乎没有任何过程就熟悉了，我莫名地心无旁骛地依赖和信任着这个家境极好却又极其自立的姑娘。

她比我小半岁，我却觉得她无所不能。

她像我的百宝箱。

入夏，小薇找来保卫科专用的强光手电，在夜晚时分，喊了男孩子去树林寻找正在破土的蝉的幼虫，总会找到很多。

然后小薇会把它们送到食堂，跟做饭的大叔说很多好话，为我俩做一盘高蛋白质的夜宵。

曾经我不太敢吃任何一种昆虫，和小薇在一起后，我勇敢了许多。

有一晚，在南院墙边的角落，我们发现了一口深井，石头的井壁长满了青苔，用手电照进去，我看到深深的井底，竟然有几条游动的大鱼。

光影下，那些鱼硕大得失真。

我俩被惊住了。

那个夏天，我和小薇差不多每晚都会去井边看那天光影下游动的鱼，但是没有告诉任何人，觉得那些鱼很神秘，这件事，也很神秘。

那种神秘感带来的惊奇，持续了很多天，是我和小薇独享的秘密。

5

发薪的日子，小薇会借一辆自行车载我去三公里外的小镇，找一家稍微像样的馆子大吃一顿。

偶尔，也会有些耍赖地扯一个男孩子去请客。

小薇真诚又狡猾，但更多时候，率真得厉害。她会为偷懒跟领导套个近乎，也会为护着我立场坚定地跟对方大吵一架。

她包容着我偶尔的脆弱和那些矫情的小情绪，我们连衣服都开始混穿。

我已经不再频繁想家，最初我害怕的荒芜和孤寂又没有尽头的青春，被小薇经营得活色生香。

慢慢地，我也开始有了小薇那样又狡猾又率真的笑容，接受身边所有人。我们不那么用力地工作，却用心地喜欢着一首歌。

生活里也开始有男孩子穿梭，我和小薇的两人行，渐渐变成三个人，四个人。

而那时，我叛逆的心境也终于渐渐露出端倪，我靠近的男孩子，是异类。他偏执而倔强，与寻常生活为敌。抽烟，会醉酒，骑赛车，为看不惯的事打架……

小薇从不看轻他分毫，她认真地对待他。

是我的缘故。

她也常常陪着我去收拾他惹的乱局，曾在深夜和我一起把他送到医院，不抱怨一个字——小薇比谁都懂我青春的寂寞，知道我平静简单的外表下，藏着叛逆的渴念。她知道我必须经过这样一段折腾到人仰马翻的青春，才能回到正途。

好在这段时间并没有太久。因为折腾得厉害，半年后，他被调离了。而那时候，我已经疲倦，开始想要安静下来。

一切结束得那么及时又悄无声息。

6

我和小薇在冬天安静下来，依旧偷偷拿回库房里储存的各种水果饱餐。只是谁都不再提起他。

然后小薇身边，渐渐安定下来一个内敛又沉稳的男孩。

从哪一个角度看，他们都不是同一类人，可是不知为什么，我觉得他们会在一起。我喜欢小薇，也信他。

然后那年春节过后不久，我和小薇都离开了那个远离城区的院落，小薇回到了局里一个部门做了轻快的工作，我则调去了另一家做出口的公司，终于学有所用，在那家公司做了两年出纳。

也不知道为什么，当时我们离得并不远，分开后却并没有联系过。好像离开那个院落，我们之间，便成了陌生人。

后来我知道，其实是我们太年轻的缘故，年轻总是薄情又善忘。

再后来，1996 年夏天，我考去外地一家不入流的院校读书，从此家乡成了驿站。

这么多年，兜兜转转，我一直生活在远方。而这世上叫小薇的那么多，我却再也没有遇到过第二个。

有时候忽然想起来，不知道如果18岁没有遇见她，那么脆弱的我要如何和那种人生对抗。

因为小薇，18岁成为我人生值得无数次回想的、难得的好时光。

那时时光慢，我可以等你很多年

灯塔橙色的柔光下，只剩了我和他。
夜那么静，可以听到潮水轻轻拍打海岸的声音，
细雨飘在灯光里，像盛开后散落的烟花。

好像再也不会等了。

如果等一个人，在车站、在路口、在影院或餐馆，等了几分钟心便有些焦了，眉头皱起，忍不住地，催了又催。

可是曾经，等是一件多么美好的事，曾经，可以就那么一直等下去，等一个人，等够一辈子……

1

那时候，小城的汽车站和时光一样简陋，不过是低矮的院墙砌出的一个院落，只装得下十几辆来回往复的客车。

那时隔几日的下午，我会在小站等他。

　　总是选择东北角的角落，站在那里，静静看向车站敞开的铁门。

　　车次很少，大概半个小时会有一班，来自不同的、不太多的城市。

　　我要等的车，来自五十公里外的临沂。他在那个城市当列车员，跑日照到济南的线路。每隔三天返程，休三天。

　　有红白相间的老式客车开进来，没有空调和暖气，噪音很大，缓缓停下，带起尘土飞扬。

　　乘客依次下车，从第一个，到最后一个……他并不在那班车上。

　　并不着急，我会继续等。想他也许有别的什么事，也许是没赶上那一班。

　　总会等到的，哪怕是夜色降临前的最后一班。

　　常常一等就两三个小时。

　　那时没有电话和传呼，铁路部门的专线电话也不太容易拨进去。信件又太慢。于是，等，成为我和他见面最好的方式。

　　然后，他会在某一辆或者最后一班客车中下来，有时依旧穿深蓝色镶嵌墨绿条纹的铁路制服。有时是黑衬衫、外套或羽绒服。他有白皙皮肤和干净五官，在 20 岁的时候极喜欢黑色，衬得整个人清澈洁白。

　　我并不招呼他，知道他会在下车的第一时间看向东北角，看到我，笑着走过来。

然后，我们会牵着手离开在某个时刻略显嘈杂的小站，去一家常去的小吃店，或者一家新开的咖啡馆。时间允许，还可以看一场电影。

2

他也常常去学校等我，在我的晚自习。

是的，那时我还是一名高中生，读很普通的学校，管理并不严格。他可以在我上晚自习时去校园，就在我的教室外面，那条窄窄的长满水杉的小路上。

他喜欢靠在一棵水杉树下抽烟，我隔着教室宽敞的窗，刚好可以看到他在夜色下抽烟的样子。烟头在他手中明明灭灭，缓缓的。他的脸，俊秀又安然。

他会等到最后一节自习课结束，等到我走出去，骑车载我回家——我和他是邻居，他长我四岁，正是书中写的，从小看着我长大的帅气邻家男孩。

我们很早就很要好了，瞒着家人。

我喜欢坐在他的脚踏车后面，用一只手环着他的腰。他有着那么青春紧致的身形。总是骑得很慢。偶尔我贴近他的衣衫，会嗅到洗衣水的味道，还有淡淡烟香。

很奇怪，我一直觉得烟的味道是一种淡淡的香。很喜欢。

他会在门口看着我回家，然后，要过上好几分钟，他才会推门，回到自己的家。

隔着低低的院墙，夜晚，我可以听到他和家人的对话。

母亲也会听到，说一声："哦，那谁谁又回来了。"

我不应声，偷笑，然后会站在院子里，接着把路上唱给他听的那首歌唱完。

那时候，我和他都在听齐秦，听他的《太阳雨》、他的《外面的世界》、他的《花祭》和《夜夜夜夜》……

他的声音有些像齐秦，从学校到家，我们会唱一路。

3

那一年夏天，和一个要好的同学配合着撒谎，对家长说去旅游请了几日假。其实，不过是为年少的爱情制造一个等待的惊喜。

我在一天早上乘上那种红白相间的客车晃荡了一整日，一次次克服了晕车的侵袭，从小城晃到了济南。再乘公交去火车站附近，找一家酒店住上一晚。第二日早上，买一张他那个车次的红色车票，登上了那列绿色的火车。

发车后，我从一列列车厢穿过，直到他所在的 6 号车厢。

在两节车厢的连接处停住脚步，我看到了他。

他穿严谨制服，后背对着我站在车门边，手中拎着一串特殊的长柄钥匙。

我不吭声，直到火车开出济南好半天，他无意中转头，看到我。

没有惊讶和愕然，他要定定地看我半天后，才忽然快步走过来，全然不顾车厢内满满乘客，一把将我抱起。

那是我们的第一次拥抱，那个拥抱，从认识他，我等了好多年。

他也等了好多年，隔着一堵矮矮的砖墙，他等着我长大。

长长一路，我都坐在他窄促的乘务员室等他，看车窗外漫山遍野的夏日青葱，慢慢闪过。等他忙完工作的小空间，跑进来一边责备我的冒失，一边给我削苹果；又跑进来说一会儿话；又跑进来放下在女同事那里抢来的小零食……

火车很慢，停所有小站，在过了曲阜之后，为了给快车让道，在中途停车许久。

没有站台，车外是路基、田野和高耸的槐树，他拉我下来，在路基下的小沟壑里，采了大捧的小野菊。

回到车上找了一个空杯子，他让小野菊灿灿地暖暖地陪了我一路。

4

列车抵达日照，已是黄昏。

那时的日照只是一个海边小城，寂静安宁，游客稀少，没有旅行团。走下站台，夏日黄昏的海风裹挟了几丝清爽扑面而来，清爽得无以复加。

我在站外的一个绿色亭子下面等他，像很多次在小站等他，像很多次他在校园等我；像他在等我长大，像我等待他的第一个拥抱。等很久，很多年。

我那样慢悠悠地等着，一点儿都没有着急。从不怀疑什么，相信总可以等得到。

在缓慢的时光里，等，是我生命中的一颗糖。我喜欢含着它，甜蜜许久不融。

就那样等他送走所有乘客，清扫完车厢卫生，又结束一日的工作会议，在他的同事去往公寓吃饭休息的时候，他找来一辆脚踏车，载我去海边。

我们去了灯塔。

那时的灯塔只是一个灯塔，还没有被命名为"日照灯塔"，没有灯塔广场，不热闹，不喧嚣，在夜晚，有种孤单寂静的美。

到达后不久，夜空下起小雨，细细密密，最后的几个游客在细雨中离开。

灯塔橙色的柔光下，只剩了我和他。夜那么静，可以听到潮水轻轻拍打海岸的声音，细雨飘在灯光里，像盛开后散落的烟花。

我们就那么并排站着，牵着手，什么都不说，任时光一点一点，慢慢地去往地老天荒。

吃对了，就叫爱情

他们都是最平凡的烟火男女，
爱上一个人，
希望爱得开心，
吃得快乐。
如此而已。

　　十一点，离午餐时间还有一个小时，左薇收到童锐的微信：对面新开了一家川香鱼，中午去尝尝啊？

　　后面还发来一张色泽诱人、铺满了红辣椒的图片。

　　左薇下意识地咽了一下口水。

　　她都想不起来多长时间没有吃川菜了，作为一个地道的四川姑娘，远离了辣椒的人生，太没有滋味了。甚至左薇觉得皮肤都没有以前好了，和每一个川妹子一样，左薇才不信吃辣椒长痘痘的那些"谣言"，尤其是潮热的天气，一顿麻辣火锅之后，汗水从所有毛孔细细密密地钻出来，冲个热水澡，整个人都觉得滑润舒适了。

可是左薇没有办法，因为韩默，她已经决定不再吃辣椒了。

左薇和韩默是在大三那年遇到的，一见钟情。韩默是镇江人，气质却更像北方男孩，高大挺拔，五官明朗。讲话也不掺杂丝毫苏州口音，一口普通话掷地有声。

那时左薇觉得，恰好的年纪，恰好的人，就叫爱情了吧。

和所有年轻人的恋爱并没有不同，卿卿我我、海誓山盟……左薇和韩默，度过了最甜蜜的热恋时光，然后，他们毕业了，左薇二话没说，跟随韩默去了南京。生活也开始落到实处，找工作、租房子、吃饭穿衣这些琐碎的事情上。

好在工作还算顺利，韩默是理科生，去了一家有名气的日化集团，左薇学管理，后来在一家做丝绸出口的公司企划部谋到一个职位。

为了照顾左薇，韩默执意将刚到南京时租的房子退了，搬到了左薇公司附近，这样一来，韩默每天上班要先坐地铁，再转乘公交，非常麻烦。

韩默的好，左薇知道，所以，她想珍惜，不想为了吃饭这点儿小事闹得不愉快。

早些时候，左薇完全没有留意这件事，韩默也从不干涉左薇吃什么。左薇倒是知道韩默不吃辣椒，所以一般吃饭，要一个带辣椒的，一个不带的。偶尔左薇去吃麻辣烫，韩默也会陪着她，要一份米皮，加一点黄瓜丝，清清淡淡。左薇还记得有一次，很晚了，忽然馋酸辣粉，当时还有半个小时寝室就关门了，韩默一路奔跑到学校外面的小吃店，给左薇买了一份。

如今，再想起当时情形，左薇竟觉得恍如隔世——也不知道从什么时候开始，韩默开始对左薇的饮食习惯挑剔起来，先是很含蓄："一个女孩子吃那么多辣椒不好的，容易上火，长痘痘。"后来略微直接一些，"小薇，能少吃点辣椒吗？我闻到都觉得呛……"再后来呢？韩默连左薇喜欢的"酸辣粉""螺蛳粉"都充满了排斥，一半玩笑一半当真地说左薇"重口味"，好几次，把左薇放在冰箱里没有吃完的辣酱扔了出去。

左薇知道自己"重口味"，没办法，酸辣的味道让左薇觉得满足。不像韩默，吃得那么清淡不说，每次做青菜里面都要放糖，甜不甜咸不咸，难吃极了。但左薇并不想改变韩默，所以她不明白，为什么韩默要改变她呢，并且越来越计较。

有一个周末，韩默刚发了薪水，提议出去吃大餐。左薇脱口而出："吃川菜啊，可以给你要不带辣椒的。"因为韩默的介意，左薇已经忍着好几天没有吃辣椒了。

韩默的眉头就皱了起来："可是我想吃粤菜，特别想。"

"甜兮兮的，有什么意思？"左薇想起有一次吃到的雪菜馄饨都是甜的，立刻没了食欲。

"川菜有什么意思？看着就野蛮。"韩默也不示弱。

左薇真的不干了，吃饭而已，话头太过了吧？赌气说道："反正我不吃粤菜。"

韩默第一次跟左薇对上了："反正我也不吃川菜。"

"那就各吃各的吧。"左薇脱口而出。然后，两个人都愣住了。过了一小会儿，韩默放低声音："小薇，咱们为这件事吵架，值得吗？"

左薇苦笑，是不值得。但是……终归吵过了，心情一时半会好不起来。左薇最后选择了妥协，去超市买了海鲜和青菜，做了四道菜，一滴辣椒油都没有放。

那顿饭，韩默吃了很多。可是左薇，扎扎实实没有吃饱。

从那之后，韩默干脆挑明，以后吃饭杜绝辣椒，因为他对辣椒过敏，当初没想告诉左薇而已。

这让左薇无话可说了，她开始努力跟随韩默的口味，吃水煮青菜、水煮干丝，白灼虾、清蒸鱼……还能怎样呢？无非就是改变生活习惯吧？人总要为了爱情付出点什么的。

也不过一个多月，同事都看出来，左薇瘦了。左薇只觉得，她的心有点儿瘦了。

而这个中午，童锐发来的图片，几乎摧毁了左薇的坚守，但最后，她还是拒绝了："算了，我现在不怎么吃辣了。"

童锐发来一个笑脸："不吃辣也能叫川妹子啊？你没啥事吧？"

左薇也笑笑："就是忽然不想吃了。"

童锐是左薇的同事，比左薇早入公司两年，业务部任副主管，北方人，在南京读了大学，毕业后就留了下来。也有高高的个头，皮肤微黑，小眼睛，不难看也不出众，性格爽朗，人缘极佳。除此，左薇发现童锐和她有共同的爱好：吃辣。每次公司小范围聚餐，只要童锐在，左薇绝对会吃到一两种很过瘾的菜，比如香辣鱼，比如毛血旺，比如麻辣豆腐……后来左薇慢慢发现，童锐每次点的菜，都是她的心头好。

为着这个缘故，左薇内心感觉和童锐比起其他同事都亲近些。

饶是如此，左薇也不想告诉他实情。但左薇没想到，中午刚走出公司，童锐已经在楼下等了，几乎"绑架"一般硬将她拖拽到了那家街对面的川菜馆。

招牌沸腾鱼端上来，意志尚在坚守，味蕾却已投降，她几乎不由自主就拿起了筷子。

一直吃到额头微微冒汗，左薇感觉整个人都舒展开了。童锐在一旁看得摇头："左薇，你怎么像好几天没吃饭了？饿成这样。"

左薇也觉得饿，从身体到内心，都饿得不行。这段时间，她多么盼望韩默也发现她瘦了，发现她艰难的隐忍，但是都没有。

那顿包含了沸腾鱼和馋嘴蛙的川菜，左薇吃得想哭，童锐则看得不断叹息："小薇，不管为了什么，都没必要那么委屈自己，吃都吃不好，人生还有什么乐趣？"

左薇再也忍不住红了眼圈。忽然就觉得那么委屈，在这一场看起来安然无恙的爱情中，左薇觉得委屈极了。

好在童锐没有追问，只让她多吃点儿。童锐说："我最爱看你吃饭了，不像她们，又想吃又怕胖，遮遮掩掩的。"

"不觉得我这个吃法很野蛮啊？"忽然想到韩默说过的话，左薇不由自主问了一句。

"是可爱好吧？"童锐白了左薇一眼，"人都想着怎么夸自己，你倒好，把那么美好的事情说成野蛮。"

左薇笑起来。

之后隔三岔五，左薇会在童锐的热烈邀请下去吃川菜，有时他们两个，有时也会喊了其他同事。左薇知道大概这辈子都戒不掉辣椒了，干脆不再为难自己，想吃便吃。只是和韩默一起吃饭时还是会克制一下，随着韩默的口味。

这样的日子平淡极了，平淡到还没有进入婚姻，就有了一眼看到尽头的感觉。他们在这场感情中不约而同变得懒散起来，有时左薇心血来潮，想学几道正宗的粤菜，可也只是想想，再也没有了恋爱时那分心力。

　　韩默也是，有几次，他嗅到左薇衣服上麻辣火锅染上的浓烈气味，只是皱皱眉头，什么都没有说——不争了，也不再要求对方。刚毕业时，左薇还想着安稳下来就结婚，现在韩默不说，她也不再着急，就那么平淡地等着。唯一的快乐，反倒是跟童锐去大快朵颐，让辛辣、麻辣的味道宠爱味蕾，充斥内心，给生活一份期待。

　　这样的平淡大概持续了两个月，一天晚上，韩默回去后对左薇说："咱们分手吧。"他坦白爱上了别的人，一个会做一手地道粤菜的南方姑娘，韩默说："对不起，小薇。"

　　左薇以为自己会震惊、痛苦和愤怒，但是，并没有。相反，左薇有一种既悲哀又似乎期待已久的解脱。

　　韩默当晚便搬了出去。左薇没有告诉人，依旧按部就班地上班、回家，也和童锐吃得越来越合拍，同事开始频繁戏谑他俩，一对志同道合的吃货。

　　左薇承认，他们是。只是没有人知道，左薇也在用食物来枪毙失去爱情的悲哀。毕竟爱过的。

　　有一次，童锐喊了左薇吃水煮鱼，两个人要了一条五斤重的。吃到热烈处，童锐对左薇说，以前谈过一个女孩，特漂亮。左薇问后来呢？童锐哈哈大笑，说，有一次我想吃螺蛳粉，便带她去了，结果她闻到那个味竟然吐了，从那以后就躲我远远的。

　　左薇也笑起来："不至于吧？就为一碗螺蛳粉？可见她不够爱你。"

　　童锐轻轻收起笑容："也许是不够爱，可是我理解她。两个人要在一起一辈子，一天三顿饭，可不是顶顶重要的事？吃都吃不到一起，能幸福到哪里去？分就分了吧。"

　　左薇便愣住了，她想起了韩默，又想起曾经看过的一个故事，一个最不爱吃米饭的女子，遇到一个除了米饭啥面食都拒绝的男子，她爱上了他，并为他从此开始顿顿吃米饭，吃了一辈子。

　　左薇知道，故事不是杜撰的，一定会有一个人爱另一个，爱到愿意为他彻底改变自己。那样的人，是爱情的天使。可是，她做不到，韩默做不到，童锐，也做不到，他们都是最平凡的烟火男女，爱上一个人，希望爱得开心，吃得快乐。如此而已。

　　左薇决定，吃完这条水煮鱼，就接受童锐的第八次求爱。

多幸运，最初和这个世界交手时遇到你

她教会了我拼音、汉字、奔跑和爱美。
教会了我骄傲，
也教会了我平等待人。
教会了我爱和忧伤！

1

好多年后，我都不太能认可，小时候的我，是个那么各色的小孩。

有多各色？除了外婆和我爸我妈，我决不和任何别的人在一起，我只认他们仨。如果非要把我塞给别人，我会从头哭到尾。

更别说把我送到幼儿园。不可能的！

这种各色导致的结果，便是整个童年，外婆不得不舍弃了她的家人，包括我尚未成年的舅舅，留在离家一千多公里的老爸服役的部队照顾我。

幼儿园算是躲过去了，可是……上学，上学这件事上，由不得爸妈不狠下心来，非把我送去不可！

我读一年级的时候，很巧，爸爸从部队转业，去到了鲁南一个县城郊区的大农场。

农场有很像样的子弟学校。当时刚刚开学几天，大哥读中学，小哥读三年级，我一年级。

妈妈在那天早晨把我们送过去。记忆很深刻的是，那天早上，老妈给我戴了一顶部队孩子喜欢的女式小军帽。

他俩的安置很简单。难的是我。妈妈把我牵进教室的一刹那，我就死死抱住了她的腿。我知道她要做什么。

她一边跟老师说话一边掰我的手指。

我不抬头，就那么拼尽全力抱着她。手指掰开又合拢，她被急了一头汗。

后来，我感觉到另外一双手覆盖在我的手指上，同时，一个很清澈很温柔又很好听的女声，轻轻唤了我名字。

我下意识抬起头来，那样的声音，暖得融化全世界。

2

她是一个多好看的年轻女子啊。

大眼睛，眼神清亮。皮肤白皙。笑容温和。微卷的发，扎了一个活泼的马尾。白底碎花的短袖衬衫，袖边绲了一小圈纯白。

她像那个初秋清晨的阳光，又靓丽又柔和，一下就打动了我。

我松开了抱住妈妈左腿的一双小手，定定看着她。

她就势牵过我的手，轻轻同我说，有个小姑娘，她叫可宁，和我的名字很像的。她说，你们俩以后就是同桌了。

然后，她走到讲台前。

我怔怔地，任由她牵着，牵到第一排中间的一张桌后，她伸手拉开一张方凳，让我坐下来。也就在那一刻，我转头，看到亲爱的妈妈正转身，轻轻离去……

哇地一嗓子，一教室三十多个小孩全傻了眼。

那些小孩子，他们在一个大院里从小一起长大，熟悉又亲切，读书，对他们来说不过是换个地方玩耍，毫不介意。哪见过我这种阵势？

妈妈也不由自主转回身来……第一次送我上学眼看便要功亏一篑。

她一步从讲台跨下来，一边冲妈妈摆手让她走，一边快步走到我跟前，拉起我的手臂，她说："走，咱们出去玩。"

3

于是我入学的第一节课，她让所有孩子上了自习，而她牵着我，绕着整个校园，走了一圈又一圈。

去了升旗台、操场、服务社、教室前茂密的杨树林……玩了树林里的秋千和爬绳、爬杆。

玩秋千的时候，不是她推着我，而是她和我面对面站立，她带着我，用她的力量让秋千荡漾起来，越来越高。

那么近地和她在一起，我嗅到她的衣服、她的发梢一种又好闻又清新的味道。

不知道为什么，我竟然没有抗拒，竟然愿意和她在一起。

可是整个童年建立起的对家人的依赖，却不是她45分钟的陪伴可以瓦解的。所以，整整有半个月的时间，从周一到周五的每一个早晨，她都会抽出一节课的时间陪伴我。

有时候什么都不做，就是牵着我一直在枝叶茂密的树林里，围着那些树走来走去……后来，她喊了我同桌可宁，我们仨一起走。

再后来，她又喊了别的小孩。

对我的各色，她真的是耐心满满。入学后的第一个下雨天，她把我和另外一个家远的小姑娘留在学校她的宿舍。让我们和她睡在同一张小床上。

那天晚上，她给我们洗脸洗脚，还换了她的大背心当睡衣。

那是我有生之年，第一次和家人之外的人，睡在一起。

睡得开心安逸。

4

半个月后，我接受了上学这件事，接受了一些小孩，还有别的老师。

对她的依赖是不言而喻的，希望总是见到她，在她的课堂便特别活跃和高兴。

我是多么喜欢她啊，用现在的话说，她就像我的女神。

她教我们语文和体育。讲一口流畅的普通话，她的拼音标准到不要不要的，以至于多年后，靠文字生存的时候，我只选择拼音打字，觉得五笔什么的统统弱爆了。

她读课文的声音优美而流畅，能让所有顽劣的孩子瞬间安静下来。

她最擅长的，却是体育。她毕业于一家师范院校的体育系，她原本就是作为体育老师被分配过来的。

她的体育好到什么程度？

那时候每个周五的下午，学校里都举办一场篮球赛，学校老师和农场的年轻职工对阵。

她是掺杂在由学校的年轻男教师组成的篮球队中，最出色的中锋。甚至她经常会穿着那双红色的高跟鞋上场。依然可以所向披靡，拿下全场最高分。

球场上的她，额头有一层细密的汗珠，在太阳底下亮晶晶的，多么好看！

我们一群小孩子在场外给她加油，喊得所有大人都掩起耳朵。

因为她，我们几乎所有孩子都会打篮球，又跑得飞快。在那年的秋季运动会上，接力赛时，我们把高出我们一头多的高年级女生远远落到了身后，任她们怎么用力都追不上！

我在奔跑中彻底接受了新的生活，我开始变得外向、顽皮和热烈，参加了篮球队、田径队和舞蹈队，我成了所有孩子中最活泼的一个。

5

她是多么宠爱我们啊，宠爱所有乖巧和顽劣的孩子。包括那些一天到晚惹祸的小男生。她曾因为袒护一个打碎了教室玻璃的顽皮男孩，不同意喊家长，和校长吵架。又曾为了不让一个打架的小男生公开检讨，再次和校长吵架。

她都用动听的声音吵赢了。

她从不介意喜欢男孩子活泼顽皮，即使功课不那么好，她也不介意。

她则喜欢女孩子们穿得漂漂亮亮。但是，夏天的时候，她却温柔提醒小女生们都不要穿那种很短的裙子，哪怕是很好看的蓬蓬裙。

她要求我们穿那种棉质的、略微修身的短裤或中裤，彩色的也好。

那时候并不知晓她的心思，过了好多年，很多学校里小女孩的事故频发，才懂得她当年对我们的爱护。

她把我们爱护得那么好，从身体，到心灵。

她还孩子气，偶尔心血来潮，在点了煤球炉的冬天的课堂上，用火钳给女孩们将刘海儿烫成弯弯的形状。

她还在有一年的六一儿童节，给我们几个跳舞蹈的小姑娘，每人缝了一条粉色的带荷叶边的裙子。

她让我们那些在小城郊区农场的小姑娘，骄傲得像个公主。

入学两个月后，我的语文成绩便开始稳稳保持在第一名。

三个月后，我所有成绩都开始稳稳保持在第一名。

除此，我不知道还能拿什么去表达我对她的喜欢。

6

她是在我读三年级下半年的时候离开的，那时候才知道，她的家在几十公里外的枣庄，家中有父母和兄弟姐妹。而她，已经 25 岁，到了嫁人的年纪。

她在那年春天结识了一位在枣庄某部队服役的军官，并很快办好了调动手续。

被她离开的消息触痛是那天的语文课，她在上课后说，今天咱们不学课文了，我来教你们写信吧。以后我走了，你们可以写信给我。

其实那些时日，也偶尔听到一些她要调走的消息，却都不相信啊，都不当真啊。可是那一次，她亲口说了。

于是，在她说完那句话后，整个教室静默了足足三分钟，然后，不知道是谁，哇一嗓子哭了。

哭声顷刻便连成了片。

我们哭得迅速而凶猛，以至于隔壁班的老师不知道发生了什么事情，和很多学生一起从教室里冲出来，冲进了我们教室……

我们哭了整整一节课，所有老师都挤进来哄劝也无济于事。起初我们是看着她哭，后来哭得太累了，集体趴在桌子上，哭得上气不接下气。

她当然也哭了，那是她第一次，对我们束手无策。

7

那之后，到她真正离开之前，都没有谁再去刻意碰触过她要离开的话题，她也没有再说过教我们写信，可是那种要失去她的伤感，却一直笼罩在我幼小的心里。

后来有一节体育课，一个别的班的体育老师过来跟她打招呼，随口问了一句："快走了吧？"

就那么一句，体育课又一次变成了哭课。这一次，因为在室外，成片的哭声引来了很多叔叔阿姨们，在弄清原委之后，无奈摇头……

但是她，还是在那年暮秋的一个午后离开了。

她的未婚夫，那个年轻军官开了一辆吉普车来接她。

其实那之前，她的调动手续已经办过去很多天了，没有急着走，终究是舍不得我们。

舍不得，也得走，那个城市，有她正在老去的父母，和她未来的生活。

行李是早早就打包装好了，她或者可以在夜晚偷偷地离开，但她还是决定，勇敢地跟我们在阳光下告个别。

吉普车停在教室门前，停了好久，她都没有走出来。她被一群再度疯狂哭喊的小孩子给缠住了。

最后，是所有老师一起将我们和她分开了。

然后，那个因为和她吵过很多次架的人高马大的校长，硬硬把她推出去塞进了吉普车。

吉普车开动后，我们一个个推开老师，从教室中冲出去，以她培训出的百米赛的速度，集体追着吉普车奔跑……

跑出校园，跑出农场大门，跑了很远，直到吉普车在路的尽头转了弯，再也看不见。

8

多年后，我还能清晰记得那一幕，记得她离开后的我们，一群因为她的离开瞬间变得孤立无援的孩子，记得三十多张被泪水浸泡的小脸……记得，我心底因为失去一个人，最初的疼痛。

…………

后来，就在那年冬天，她回来过一次，看我们。于是我们经历了又一次的"生离死别"的痛哭。

再后来，我没有再见过她。

而过了好多年，才知道我是多么幸运，那样一个充满抵触的小孩子，在初次和这个世界交手时候，碰到了她，而不是别的什么人。

她教会了我拼音、汉字、奔跑和爱美。

教会了我骄傲，也教会了我平等待人。

教会了我，爱和忧伤！

教会了我，打开这个世界最正确的方式。

她叫王克平，是我的启蒙老师。是我记忆中，最好看的女子。

华贵的人生不需表白

我们每个人的记忆簿里，
都会记得那么几个人，
他们不是我们的亲人或朋友，
甚至，他们和我们并不是那么熟悉，
他们只在我们人生的某一段时光里路过，
却不经意留下了痕迹。

过了好几年，我还常常会记起一个叫木子的姑娘。她是我曾工作过的一家贸易公司的同事，她曾给我的人生，上过很好的一课。

最初木子给我的印象，是寡言。在公司，她大约是唯一不掺和同性间各种话题的女孩子，我曾经好奇她那么年轻，却无分毫八卦之心。而我们呢，茶余饭后，哪怕工作的短暂空间，都会忙里偷闲、见缝插针地谈论一下服装、包包、化妆品、热播剧和明星绯闻……

木子却从来不参与，听了，有时笑笑，有时仿佛没有听到。

好像生来就是那种话少的女孩，大家聊天的时候，她要么在电脑上看电影、听音乐，要么随手翻翻桌上的书——也并非是埋头工作、一门心思在事业上奋进。她有她的人生小出口，只是和我们不同。

后来发现，木子偏好古典文学类的书籍，据说大学时专门选修了这门功课。

或是因为这个缘故，她清秀的眉目里，多了一份娴静和悠然的气质。

木子不化妆，不用香水，喜欢穿棉麻衣衫，乳白、豆青或者浅灰，款式休闲而简单。因为身形略高，所以除非特殊场合，平常她只穿平底的帆布鞋。配着相得益彰的帆布包，简约，但极契合她的气质。

我到现在都对能够衬得起棉麻这种材质服饰的女子充满仰慕，那种面料真是太随意了，穿不好，就显得邋遢不整洁，真的很挑剔气质啊。

木子就能衬得起，棉麻的褶皱在她的气质里，透着随意舒适的本真气。

并且，木子的衣服、鞋子或者包包，都不见任何LOGO。曾经也有多事的女同事对她的穿衣风格有极大好感，询问过她几次，木子只笑说，其实没什么牌子，外贸店淘来的。

我信了，有些姑娘都能把地摊的衣服穿出红毯味道，底子好，不奇怪。

木子在公司做文案，不是个技术活，所以工资基本在公司薪水等级的底层，大抵，也只能让她这个年龄的女子，在这样一个城市勉强安身度日。

有同事说，木子每天步行上下班，想来住得应该不远。

而过了大半年，也不见她身边有什么男孩子……

便再无其他话题了，关于木子。

这样的性格和生活方式，木子慢慢被大家忽视，很多时候，我们都想不起她来。她也乐得如此，在安静的一隅，每天独来独往，在自己的小格子间静静地做着文字游戏。

重新回到大家视线中，是木子来公司一年多以后的事了。

十一前夕，部门搞了一次聚餐，邀请木子，她没有拒绝，参加了。她安静，但并不各色。

然后那晚吃过闹过热闹过后，走出门，才发现外面下了暴雨。又大又急。我们在酒店门前的廊檐下停留好久，竟然没有等到一辆空的出租车，雨却没有要停的意思。

一个男同事抱怨和烦躁起来，回去借了酒店提供给顾客的雨伞冲进雨里。但是风太大，他手中的伞顷刻被大风掀起，只得又跑回来。

大家一筹莫展时，她忽然说："要么我找个朋友过来接一下吧。"

经理有些意外："十几个人呢？又不顺路，得跑好几趟，多麻烦。等等吧，没准雨会停。"

她笑起来："朋友有辆中巴，稍微挤挤可以坐下的，跑一趟就好。"

大家都表示赞同，经理说："那就麻烦你朋友一下吧，可以适当给人家点儿费用的。"

她笑笑不语，退到一旁打了个电话。

大约十几分钟后，一辆炫目的白色奔驰商务车开了过来。

我一直对名车有偏好，毫不夸张，那辆车子在雨幕里闪了我的眼。并且，车子很宽敞，所有人都塞进去也不拥挤。车内配饰豪华，不动声色地彰显出主人身份。

司机更是标准英俊帅哥一枚，很绅士地为大家开车门关车门，态度低调得不要不要的。等我们都上了车，询问后，按照路线依次送大家回去。

途中，听到那帅哥叫木子为表姐，一边开车一边和坐在副驾驶位置上的木子聊着什么，声音不大，但其中有一些对话，坐在他们身后的我和两个同事，倒是也听得清晰，帅哥说："姐，门面租金打到你卡上了，步行街的两间涨了大概二十几万……"又说，某某刚从欧洲回来，过两天把衣服给木子送过去……还说木子的一辆跑车需要保养了，4S店已经打过电话，这两天他就开过去……

完全像影视剧中有钱人的对白，帅哥说得随意，木子答得简约，有时就那么嗯一声，有时不吭声，只是点点头……后来，她轻轻按了一下帅哥的手背，示意他别再说话，专心开车。

我和同事早已目瞪口呆。

那次之后，好奇心满满的同事终于探知了木子的来历。

这个姑娘，竟是个"富二代"，不是一般的富有啊，她老爸开一家规模庞大的物流公司，垄断大半个省的物流行当，资产雄厚。她是家里唯一的女儿。她在这个城市最豪华的别墅区有跃层的楼房，她有一辆炫目的红色小跑车，但更多时候车子只是停在车库里。她有一片临街的门面房，每年仅租金收入便达几百万……她那些没有LOGO的服饰，全都来自法国……她是真正的有钱人，含着金钥匙出生。

可是，木子姑娘这样说："我不拒绝财富，但我也想过我喜欢的生活。"

而木子喜欢的生活，正是她彼时做过的——一份简单的工作，和文字有关；步行上下班；有时间看看她从小喜欢的古典文学。

当然，她也享受家庭赐予她的富有，可是，那是她自己的事，不需表白。

才知道原来有一种人生是这样的，既华丽富贵，又安静简约，就像木子。人生真相里，她的人生是华贵的，那是她生来就拥有的，但她却把一直拥有的华贵人生收敛得那么好。

年轻，驾驭得了财富，也驾驭得了自己。真好。

谢谢光阴，让所有男神都老去

谢谢光阴，
谢谢它让所有男神都老去，
把曾经执着追逐过男神的我们，
还给我们自己。

1

某一天上班后，同事当笑话讲给我听，我重新看了那段视频——央视焦点访谈前一日播出的发生在老家县城公安局的"假军人自投罗网"事件。

在画面中，我看到熟悉的县公安局的大门、院落、楼房……那个小县城，从 6 岁到 20 岁，我曾经寸步不离地生活了 14 年。如今，我家依然居住于此。

事件并不复杂：一帮假冒军人闯入公安局试图带走某个犯人，被识破……

因大多内容是录像调取，所以画面始终有些晃动、凌乱。

然后，就在视频播放了七八分钟时，忽然平稳下来的画面中，出现一张陌生的脸。

是一位警官，中年男子，普通的相貌，面容已显出清晰的沧桑，没有戴警帽，额头的发已见稀疏。眼神也并不具备我认为的一个警官的锋利，相反，有些温暾和迟缓。而警服下的身体，也已微微发福。

这个中年男子，只是说了几句话，有些官腔，用此时听起来略感怪异的家乡口音。他只在我眼前停留了数十秒，画面转开了，但已足够我看清楚字幕上他的姓名和职务。

竟然是他！

如何是他呢？我记忆中的他，白衬衫，牛仔裤，眼神干净纯澈，面容俊逸光洁，气质温润静雅。

怎么可能是他？

可是，我在关闭了视频后默默回想片刻，确定了，真的是他，我当初的翩翩美少年。他竟然在光阴里无情地老去了。但是算过来，他也不过是 40 岁的年纪，或者还不到 40 岁——这其实依然是一个男子的好年华，可是沧桑却已覆盖了他的眼神、面容和身体。那种沧桑，我分辨得出来，并非单纯来自光阴，更多的，是来自一个人和这个纷杂世界的争斗。

他已无可避免地沦陷在这种争斗里，老了 40 岁的容颜。

2

那时候，我 20 岁，依然不可思议地沉溺于青春的叛逆期不能自拔。高考失利后，拒绝复读，凭着家人的关系混入一家所谓的贸易公司做打字员。工作单调而枯燥，业余时间，马不停蹄地结识各路社会青年。

20 世纪末的小县城，街头巷尾，总见那样一帮衣着略显怪异、举止不够温良的青年在歌厅或酒吧间出没。

不闹腾好像日子便过不下去。

他的出现很突然，在一次闹腾腾的聚会中，不知道由谁带过来。

那是 6 月的夜晚，小城略显嘈杂的大排档，我探身拿食物，转身的时候，刚好看到他在一处灯光下，微微抬着头。那么俊秀的面容、清澈的眼神、静谧的神情，和我身边所有的人都不同。

不由愣怔了片刻。

后来慢慢地，知道一些他的事。

他是一个玩伴、修车行的镜子带过来的，刚自警校毕业分到县公安局的刑侦科。

呀，竟然是一名警官。那个季节，每次见他，都穿长袖的棉布白衬衫，袖口随意卷起两道，天空蓝的牛仔裤，球鞋，再简单清爽不过。

是和镜子完全不同的男孩子。

镜子是孤儿，粗糙简陋，一身的江湖气。但心地并不坏，并且有一手在小城很有名气的修车本领，不管多么新奇昂贵的车子，构造多么复杂，他只要片刻便能操作自如。

3

男人和男人的交往本就简单，不过是镜子的本事令他折服。所以，偶尔地，他会在这个和他明显格格不入的小圈子出现。

永远话不多，但是记得所有人的名字，见面时，会礼貌打招呼。从来不提自己警官的身份，更不对任何人说教。有极好的修养。

他叫我的名字时，声音轻轻的，眼神静静的，就那么看着我。唇角带着暖暖的笑。

我越来越不能回应他。他的干净、安静、清净，让一个20岁却依然热衷东奔西跑的女孩子感到慌乱。在他面前，我总是不能够从容无畏地抬起头来。

终于知道，那是一种自卑的慌乱。

他的出现，让我开始为我的人生自卑。自卑自己不够美、不够安静，自卑没有读更多的书、没有努力去争取和他一样的明朗人生。

然后又在镜子口中，知道了他的家世。他是当时小城里最有钱的铁矿主的独生子，是典型的"富二代"。他的老爸富甲一方，在20世纪末，就已经买昂贵的跑车作为他的成年礼……他完全可以像所有财主的儿子一样，一辈子只学习如何过奢靡的生活。

可是很奇怪，家境的富有丝毫都不曾影响到他，他按照自己的意愿，认真读书，考警校、当警察、回到小县城，穿简单的衣衫，过寻常的日子。

他是那么内敛，声音总是很轻，说话总是很慢，连每次聚会主动买单都是悄悄地不动声色。

而彼时，他也只有二十岁，竟然驾驭了触手可得的财富，还稳稳驾驭了自己的人生。他那种几乎与生俱来的纯净品质，让我终于失去勇气再和他继续面对。终于决定，去改变这种和他面对时注定自卑的人生。

我不想仰视他，和他站在同一个高度，成为我簇新而坚定的梦想。

4

2000年夏天，我考取青岛一家学院学贸易，从此离开那个生活了多年的小城，彻底结束了青春期大大小小的叛逆。

从此，小城成为驿站，一年一年，每次回去，只做短暂停留。

慢慢断了和曾经那些玩伴的联系，我和他们，在两条路上越走越远。

但最初的两年，回去后，依然会找借口去镜子的修车行看一看。

他的车行已做大，有了更大的场地和更多的人员。但他依然没有变，除了更加有钱。

渐渐无话可说，然后 2003 年夏天，在镜子口中，听到了他结婚的消息。

那三年，我从没有见过他。是故意的。镜子提过几次，一起聚聚。我都拒绝了，我想象有一天站在他面前时，他会在我身上，看到另一个美好的自己。

但是我没有等到那一天。

他在 25 岁的时候娶了一个家境平平、相貌平平但据说温和善良的女子。新房就安置在我父母居住小区大约 500 米之外的公安局的家属院里。

他一直在过最普通的生活。

2003 年之后，我和镜子也断了来往。但每次回去，陪母亲去一家大型超市的时候，都会路过公安局的大门。

路过时，心跳会不由自主地突然加速，好像害怕他会忽然出现。

但是从来没有，世界说小很小，说大很大，全看缘分。

所以，我和他，是无缘的吧？十几年，数十次在回去后路过那个门口，也常常在小城的街巷、餐馆和超市兜兜转转，很多次，遇到过一些意想不到的人，但从来没有遇见过他。

他在我的视野中彻底消失，却开始慢慢蛰伏进我的心底，就像我不能克制自己每次经过县公安局门前时心跳加速一样，因为失去和他平等对视的机会，他从此变为我的男神，不可撼动地高高在上。

我甚至在某一个夜晚吃惊地发现，我所有写过的小说里，只要有警察的角色，名字全部雷同。

都叫夏青，都和他重名。

5

是，他叫夏青，在我的时光机里，他是一副永恒的模样，如他的名字，永远是那个清爽洁净又高贵的翩翩美少年。

这么多年，没有谁替代过他的位置。

也偶尔追追星，在不同年代的影视剧里，那些当红一时的男星也曾以偶像的身份入了眼，时时挂在口上。然后任由他们一拨又一拨，慢慢在光阴里更迭。

偶像不许老。于是，偶像便在光阴中来了又去。只有心底的男神，仿佛永恒屹立。

直到这一年，接近年尾的某一天。

此时，我已在离家 500 公里的中原城市郑州定居，做一份简单的编辑工作。和大学读的专业全然不搭，只凭借少少天赋和文字染上了漫长的关系。

这个冬天城市雾霾频频光顾，这个早上并无两样，天色模糊，雾气重重。

在关闭了视频之后，在深深的震撼和浅浅的伤感之后，将身体靠向高高的椅背，轻轻地，我透出一口气来。

我知道从这一刻开始，我可以放下他了，可以就此将他不动声色地在心底的某一处删除，就像删除手机里一条信息，或一张照片。

想起一个年少的朋友，多年来，始终迷恋张国荣，他是她的男神，永恒不变。

我在这一刻意识到，永恒不变的唯一法宝，是可以彻底停留在时光的某一处。只要跟着走下来，便不可能不变。

又想起某本杂志刚刚做的一期策划：那些年，我们追过的男神。

文章末尾有这样的话，那些男神，他们都已老去。

就像他。老去了容颜，老去了气质，老去了心境。

或者活在光阴里，谁都不可能永远纤尘不染。

　　谢谢光阴，谢谢它让所有男神都老去，把曾经执着追逐过男神的我们，还给我们自己。

　　再见，男神。再见，夏青。

电影已散场，谁会陪你到地老天荒

当全世界都取笑她爱上学霸的时候，
她可以大声回应。
但是现在，全世界都以为他们在一起了，
她却只能保持沉默。

2015年国庆节，许小美和苏皓一起去看了《夏洛特烦恼》，当马冬梅一出镜，在一片乐不可支的欢笑声里，许小美一下就想起了当年的自己。

虽年代不同，她们却是一个模子里刻出来的，一样地顽劣、不求上进、一根筋、自以为是、不着调。发型都雷同。

看着看着，小美转头，在影厅幽暗的光影中看苏皓一眼，他盯着屏幕，似笑非笑，眼神里，弥漫着一种意味深长。

多年后，苏皓身上的书卷气更浓了，他从清逸的少年，变为了清雅的男子。和剧中的夏洛，完全不同。

是的，苏皓不是夏洛，所以……许小美终于明白了，即便等到天荒地老，她也不会等到马冬梅和夏洛的结局。

忽然就心安了。

1

2002 年，许小美 16 岁，苏皓亦是。初秋，他们邂逅于一所私立高中。

第一眼，许小美就知道，苏皓和她不是一类人。苏皓，怎么说呢？清秀、干净、书卷气，连纤尘不染的白衬衫，都带着品学兼优的高贵气质，更不消说一言一行。他是语文和英语课代表，成绩永远占据名次排行榜的前三。

而许小美，顽劣、叛逆、视课本为死敌，扎出一副架势，要跟课堂纪律、学习成绩和老师的谆谆教导死磕到底。

倒是有副好相貌，高挑，肤白，眼睛大，睫毛浓。青春气息无敌，带着一种未经雕琢的粗劣。

这样的许小美，在中学时代，身边并不乏同类的男生围绕和追逐，可是，她喜欢的却偏偏是苏皓。她看到他，就有了一种要与他并肩的愿望。

不是冲动，而是愿望。

但是，许小美从来没有讨厌过这个样子的自己，那是她成长的年月里，和继母斗智斗勇的结果。继母是个厉害角色，绵里藏针，幼小的她吃了很多暗亏，连向亲生父亲告状都无门，才慢慢学会了长出一身荆棘，开始变得刀枪不入。这样的许小美，终于在家中拥有了自主权，让继母再不敢对她轻举妄动，只想将她送得远远的。故此，纵然这所学校收费高昂，许小美也得以进入，可以俩月不回家。彼此得偿所愿。但是，许小美并不再需要生活里出现另一个自己，两个满身荆棘的人在一起，有什么意思呢？除了互相扎。

16岁的许小美，希望人生中的另一部分，是柔软的，温和的，漂亮的。

苏皓多好，哪怕就那样坐在有阳光的教室里，听他用好听的声音读一段她压根听不懂的英文故事，也是一种妥帖的享受。声音像经过层层过滤的纯净水，清爽解渴，他偶尔从她身边走过，她都可以嗅到他的白衬衫散发出的洗衣水的味道，那么好闻。

就为这好闻的味道，小美也要离苏皓近一些，再近一些。哪怕"死缠烂打"。

2

对于许小美的"死缠烂打"，出乎所有人的意料，苏皓保持了不变的淡定。压根谈不上拒绝，他从来就没把她当回事。比如，许小美塞在他抽屉里的水果，他决不会当众还给她，而是一直等到水果枯萎，腐烂之前默默丢到垃圾桶；比如，小美写给他的情书，即便当众交付，他也会接过来，并不恼怒，沉默放好，却始终不看；再比如，小美喊他看电影、吃饭或者其他，苏皓都会微笑着说："对不起。"

如此温和有礼，不愤怒，不生硬，让小美很没脾气。

苏皓更是从来不告老师，也不让别的同学说这件事。他给了她尊敬，许小美知道，这正是苏皓和别的男生的不同。她叛逆，不爱学习，但是不傻。

也只好慢慢退一步，不再胡乱闹腾。但是，许小美也不放弃，每一日，课堂上，她花去很多时间看着他，看着他读书写字或者静静思考。看着看着，花痴一般地笑。

这种做法看似很无趣，却达到两种效果，一是全班甚至全年级的女生都知道了许小美喜欢苏皓，所以，没有谁再试图染指苏皓的明朗青春——她们自知斗不过许小美，即使喜欢苏皓，也只能远观，惋惜着，却不敢靠近；另一个效果，便是这种情形下，苏皓更可心无旁骛一门心思做学问。那本来就是他的爱好。

这样过了两年，高三的时候，许小美忽然变了一个人，认真听讲、努力学习，向所有成绩好的同学请教功课，除了苏皓。

每个人都知道许小美的目的，大家会暗自取笑，凭她许小美，即使从头开始，拼死也是追不上学霸苏皓的，她太一厢情愿了。

许小美却不管不顾，而苏皓权且冷眼旁观。

然后，迎来高考，他们毕业了。

3

2006 年，苏皓去往北京外国语学院，而许小美，高考成绩出人意料地考出了 530 分的"超水平高分"，超过了一本分数线。许小美原本就不笨，她也真的是拼了。这个成绩，原本可以在任何一个中等城市读一所不错的院校，许小美却竟然报了北京的一所高职。用许小美的话说："就是练摊儿，也要去京城练，何况是念书。"

许小美向来目标明确。

这多少让苏皓有些意外，他没想到，许小美这样的姑娘，真的能缺心眼一般地坚持着自己的少女情怀。倒是强过许多女孩子心血来潮后的半途而废。

然后，那个风和日丽的早上，苏皓起床不久，忽然听到楼下传来了连声的呼喊。一个姑娘在喊苏皓的名字，清晰、高亢。

不是许小美又是谁？

室友推开窗看下去，感叹："呀，苏皓，是美女。"

苏皓忽然就无奈地笑了，他看向窗外，天空湛蓝，有小朵的云絮。2006 年的北京正在紧锣密鼓地为 2008 年的奥运会做着各种准备，空气质量上佳，雾霾也不严重，毫无疑问，十月金秋，这是北京最美的季节。

隔着五层楼的高度，苏皓默默在窗边站了20分钟，看着楼下执着昂着头的许小美，苏皓换了衣，走出寝室。

许小美在16岁之后继续长高了六厘米，如今，以172厘米的高度站在183厘米的苏皓面前，金童玉女一般，说不出的相配，有人路过，忍不住驻足或回头。

苏皓不知道该说什么，他咳了两声，许小美就笑了，也不说话，只是饶有趣味地看着他，像曾经在高中的教室中那般。

后来，苏皓终于沉默不下去了，他说："嗯，那个，你要是没吃早饭的话，咱们去吃饭吧。"

这是三年来，苏皓对许小美说得最多的一句话，说完后，苏皓忽然发现，他和许小美其实并没有想象中那么陌生，那3年，她天天在他眼前晃，闹腾或者安静，终归，也是在他心里晃出了一种半恍惚半清晰的记忆。

许小美说："好啊。"

就真的一起去吃了老北京人喜欢的豆汁油条。许小美捧着豆汁喝得稀里呼噜，全无吃相。苏皓看着她，却并没有感觉多么厌烦。

旁人也不觉得，因为，许小美真的不难看。

对于好看的女孩子，大多人都舍得给予更多的包容。

然后，苏皓听到自己叹了口气。他知道，他和许小美，大抵还要继续纠缠下去。

4

一如苏皓所料，那之后，隔三岔五，每周顶多两周，许小美便会出现。她来找他吃饭、看电影、逛逛北京城。

苏皓也有没空的时候，许小美也不纠缠，略停停便走。

刻意地读书，还是让许小美不动声色地长进了，她开始变得不再迫切，不再无厘头，她学会了循序渐进，亦步亦趋，不至于让苏皓紧张或者害怕。

苏皓起初也很奇怪为什么竟然就接受了和这个姑娘相处，但是慢慢地，相处下来，也没觉得是件多么不同寻常的事。许小美也不过是个女孩子，也没有什么危险性。而很长一段时间，偌大的北京城，苏皓的故人，也只有许小美一个。

许小美依然是个闹腾的姑娘，顽劣不改，站没站样，吃没吃相，但是她不装，也从不无理取闹——原来不是不可以相处的，虽然很多话题聊着聊着，便会聊不下去了，但能聊的话题，也还是很多。

何况，她那么美，室友都咬牙切齿地嫉妒着。苏皓也有一点儿男子的虚荣心，这和是否喜欢无关。

后来差不多半栋宿舍楼的男生都认识了许小美，她顽固地在这所高等院校的某个小圈子里，扎出了名气。

苏皓开始对许小美有了一些莫名其妙的兴趣，他倒是想看看，这姑娘到底想怎样闹腾下去，最后如何收场。

这样走着，越来越像朋友了，有一种让苏皓不由自主放弃最后一丝警惕的轻松感。

许小美却不这么看，她觉得，这样一直走下去，某一天，苏皓便会忽然明白，原来，身边的才是最好的——书里都是这样写的，影视剧里也是这样设置的。许小美相信这种设置，她等得起，所以，她不急。

何况也看不出苏皓对别的姑娘感兴趣，他感兴趣的，只有学业。

倒也是实情，荷尔蒙最旺盛的年纪，苏皓对学业的兴趣，远远大于对女孩。

2009 年，苏皓开始为考研努力，许小美则读完了高职，聘到一家幼教机构上班，和同事合住在拥挤的小公寓里，压力很大，但是许小美不怕，对她来说，只要留下来，在苏皓身边，她就有战胜一切的信心和力量。

依旧定期和苏皓见面。有了自己的收入，去时，可以给苏皓带点水果、零食或者买两件白衬衫。许小美还是喜欢苏皓穿白衬衫，在 20 多岁的年纪。

苏皓家中经济向来不错，苏皓对这些事不太上心，接受得坦然。也会主动为许小美喜欢的物品埋单，都非刻意，两个人，越发随意自然。

那一次，苏皓病了，高烧转为肺炎，许小美就在医院守着。护士以为他们是恋人，开起玩笑。两人也都跟着笑，不解释也不说明。许小美想，书上说很多爱情会变成亲情，但是她和苏皓，大抵是会由亲情变为爱情吧？

5

2010 年，苏皓开始读研，许小美在职场东奔西突一年后，成绩斐然，做了组长，薪水成倍增长，租了套小房子，从公司搬了出来。

苏皓在研究生的生涯里依旧贪婪着做学问，考博成为必选题。

2012 年，苏皓如愿读博，但精力耗费太大，人消瘦许多。许小美便用最快时间学会了煲各种有营养的汤，喊了苏皓隔三岔五地过去补充营养。

有时苏皓一个人去，有时自作主张带着关系要好的同学，并不介意许小美会怎么想。他们已经太过熟悉，苏皓甚至都忘了，多年前，他们曾经那么咫尺天涯地不相往来。

有时候，苏皓坐在那里喝汤，许小美就坐在对面看着他。

他终于可以离她这么近了，触手可及，可是，彼此之间，却依旧有一道沟壑，那是他们 16 岁时的沟壑，十年后，却清清楚楚地横亘在那里，时间越久，许小美就越感觉跨越的艰难。

这一年，他们都 26 岁了。苏皓从来没有对许小美有过任何感情的表白。而许小美，16 岁就昭告天下的爱情，26 岁时，却再也说不出口。

2014 年，许小美交下首付，在北京六环外买了套房子。苏皓读完博士，去到一所高校任教，继续做学问。2014 年年底，关系好好的高中同学在微信中间她：你们怎么还没结婚啊？都这么老了。

许小美想了许久，没有回。她不知道怎么说，当全世界都取笑她爱上学霸的时候，她可以大声回应。但是现在，全世界都以为他们在一起了，她却只能保持沉默。

2015 年 11 月，许小美过 29 岁生日，苏皓定了一个硕大的蛋糕，打趣说蜡烛太多，蛋糕小了放不下——彼此，已经可以肆无忌惮地开任何玩笑。

只是吹熄蜡烛后，黑暗中，许小美听到苏皓幽幽地说："小美，找个人结婚吧，女人过了 30 岁就老了。"

手放在开关处，许小美却没有按下去，半天，在黑暗中回了一声："好。"

然后，许小美打开灯，明晃晃的灯光下，他们对看了一眼，眼神中不约而同泛出一种"终于沦为知己"的释然。

而青春，随之落幕。

青海湖畔，我们俩的似水流年

我的笑容忽然僵住，
想起他消瘦的容颜。
心突然就疼了一下。

1

那是我第一次乘飞机，2003 年春节过后不久，我自青岛去往西安。

他坐我旁边的位置，极其瘦削的男子，30 岁的样子，肤色微黑，相貌平平，有柔和善意、值得信任的眼神。

因为恐高和轻微眩晕症，以至于空乘提示了两遍后，我都没有系好安全带。他察觉到我的慌乱，探身，帮我轻轻将系扣扣好。

那么近，我嗅到他衣衫散发的淡淡的香烟的味道。

聊了几句，才知晓此次航班的目的地原来是西宁。西安只是中转站。

我脱口而出："那是我出生的地方。"

多年前，父亲在青海西宁某部队服役，母亲随军，我在那里出生，名字也由此而来。读小学时父亲回到山东。这么多年，因为遥远和交通不便，父亲当时的战友也都相继转业，便都再也没有回去过。

他略感惊讶："是吗？"随即轻轻笑起来，"这些年青海变化很大，有时间，可以回来看看。"

心里莫名一暖，多么好，他说回，而不是去。

没有说太多，萍水相逢的热切，他适可而止。飞机抵达西安后，他送我至出境口处时，拿出手机要了我的号码，说："若回西宁，给我电话，嗯，我姓郭。"

他没有问我的名字。我也没有说。

人世间，这样的萍水相逢何其多，我不确定，此生还会不会和他再见面。

2

西安的工作是一部关于矿难的剧本，在最后修改期，导演和制片方出现意见不合，长达半个多月的时间，我们封闭于一家酒店的大房间反复修改，反复被否定，再修改……

房间整日拉着遮光帘，渐渐分不清白天和夜晚。

因为持续的焦虑和坏情绪，我开始失眠，对食物丧失兴趣。有一天在浴室镜子中看到自己的脸，苍白到让我陌生。

而我最大的压力，是我和好友，也终于开始因不同观点唇枪舌剑。

突然就厌烦了那种状态，以及那种状态下的自己。

没有跟朋友打招呼，在 2003 年 5 月末的一天早晨，大概五点多钟，我收拾了几件衣物，给朋友留了张字条，拦了一辆出租车直奔咸阳机场。

登机前，才从手机里找当时顺手存的他的号码拨了出去。

因为不知道名字，我存他的号码，随手写了"郭西宁"

直到现在，我依然叫他郭西宁。

他很快接听，没有问我是哪位，只是问："要回来吗？"自然到不能再自然的口吻，如同故人。而这三个月，我跟他连一个短信都不曾有过。

我告诉了他航班。

3

几个小时后，在曹家堡机场出口，接机的人群中我看到了他。他的消瘦，我记忆深刻。

接过我的背包，没有过多寒暄，也无任何客套，他开车载我回西宁——

我从来都没有想过，离开 20 年后，我的回归之旅竟然是这样突如其来，没有谋划没有设计，简单而仓促，且投奔的，是一个完全陌生的男子。

从飞机上他探身为我系安全带的那一刻，从我嗅到他衣衫淡淡烟草味的那一刻，我便无端地、彻头彻尾地信任了他。没有半点儿防备——并且我知道，这种感觉是相互的。

因为他，我相信了那句"初相识，故人归"。

从机场回西宁的途中，他简单告诉我，我的回归之行，要跟他的工作捆在一起了——

他正带队修建龙羊峡水电站到过马营的一条长达 55 公里的公路，对开发中的青海来说，那是一个大工程。

谈到工作，对他方略知晓一二。他是青岛人，毕业于西安交通大学土木工程专业，彼时为西宁路桥公司项目部负责人——我去的其实极不是时候，道路的修建刚刚铺展，种种烦琐事项，让他几乎每天奔波于工地和西宁之间。

并没有在城区逗留，他时间紧促，驾一辆白色越野车，直接载我驶向离西宁的修路工地的一端——龙羊峡水电站。

4

2003年初夏,"天路"尚没有开通,青海旅游业在迟缓发展中,高速路上一马平川,几乎看不到车辆。

他把车开得很快,窗外的高原美得动人心弦。

偶尔我们简单聊两句。

他几乎不间断地抽烟,将窗子打开一点点小小缝隙。

后来我跟他要来一支——在西安的三个月,为缓解压力,我什么坏习惯都染上了,烟,酒,熬夜,发脾气……

他笑笑,什么都不说。

是的,只有我和他,一对只见过一面互相不知名字的年轻男女。但是……你们都想错了,这是一个和艳遇毫无关系的故事,这个故事单纯到不能再单纯,简单到不能再简单!

我在海拔四千米的日月山口,在蓝得逼仄的天空下,在远处四季不化的雪山泛着清净光泽的映衬中,贪婪地大口呼吸高原洁净空气时,他坐在不远的草地上拨打着未接的工作电话。

一个接一个,偶尔声音会高,有小小争吵。

我在这个世界海拔最高的水电站感受大坝的豪放雄壮,在水电站旁的清静小镇看几个藏族小男孩玩笑嬉闹,在水库沿岸寻找那种闪着亮光的水晶石时,他在大坝另一端道路修建中的尘土飞扬的工地,和同事一起忙得热火朝天。

　　我在开满梨花的贵德小镇悠然行走，在"天下黄河贵德清"的黄河边捡着一粒粒漂亮的鹅卵石时，他在修建道路的过马营一段的工地，为一个工人醉酒闹事，折腾了一个下午……

　　我乘一艘小快艇，在5月末罕无人迹的青海湖的湖面上去往鸟岛，当迎风溅起的水花打湿了衣衫和面容，我的眼泪突然倾泻而下的时候，他在旁边，给我搭上了他的外衣。

　　雪山环绕的湖面上，清寒得如冬季。

　　那一刻，我彻底从在几天前近乎崩溃的压制中释放了自己。

5

　　从青海湖回西宁时，又一次途经日月山口，是夜晚，高原的夜空呈现幽深的蓝紫色，月亮又大又圆。

　　而此时，他的嗓子沙哑到说不出话。

　　我在西宁独自停留了一天，逛了逛对我来说已完全陌生的城市，去了记忆中的大十字，热闹的水井巷，吃了很多街头自制老酸奶——他将我放下便回了工地。

　　然后，我乘上一列直达家乡的火车，上车前，在西宁火车站找了一家网吧，给西安的朋友写了一段话。

　　这一次，我允许自己做了工作和友情的逃兵。

　　在家乡小城住了一年，写字为生。

期间很少跟他联系，只在中秋或春节期间，或我或他，会主动打个电话，只是问候。如此而已。

2004 年 7 月，青海湖畔油菜花盛开的时节，我来到郑州一家当时很有名气、很美好的杂志社，做了一名编辑。

2004 年年底，我写了一篇他在青海修路的故事，从曲麻莱的第一条道路开始，标题为"青海人民很爱你"，发在自己的杂志上。

文章很快被《青年文摘》《读者》等刊物转载。

文中，我随意给他取了一个"英诺"的名字，

2005 年 3 月，他的大学同学看到这篇文章，极其确信我写的是他，给他打电话，问他认不认识一个叫宁子的人。

他终于知道了我的名字。

2006 年 8 月，青海湖畔油菜花如期盛开，我和几个好友跟团去了青海，正式旅游。

他依旧忙碌于道路修建，在酒店门口我和他匆匆见了一面。他依旧黑，消瘦。依旧每天抽很多的烟。

旅游安排最后一天自由活动，他让朋友开车带我们去了贵德，我再次看到清澈黄河，再一次，捡回了大兜的鹅卵石。

2011 年 3 月，父亲做了一个大手术，我收到他快递来的大盒的、当时被炒到昂贵的虫草……

2013 年秋天，有朋友说起想去青海，我心血来潮，给他打

了个电话。

聊了几句后，我半开玩笑说，再不见一见，就老了。

他也笑，老有什么好怕的，我只怕再不见，就忘了。

我的笑容忽然僵住，想起他消瘦的容颜。心突然就疼了一下。

6

好像每一年我们都有一次这样的对话，在油菜花开之前，他问：来吗？

我每一次的回答都是：我争取！

终究未能成行。

2012 年 7 月，依旧是青海湖畔油菜花开的季节，父亲旧病复发，离世。伺候年迈的母亲独自生活。所有假期和公休，我都选择回家陪伴母亲。

我和他说好的见面，终究成了似水流年中一个虚幻的承诺。

如今。

2016 年 7 月，青海湖畔的油菜花又已盛开，环湖赛也已进行得如火如荼，我和他依旧没有再见面。

然后就在 7 月 22 日早上，醒来后，看到他发在朋友圈的一张图片：正在修建中的青海西湟（西宁—湟源）高速路、湟源峡隧道口铺设中的画面。

极其寻常的图片，他这样说明：漂亮！

这个自恋的工作狂！

我笑了一下，在这个盛夏的早上，想念的感觉犹如记忆中青海湖畔的油菜花，铺天盖地地蔓延开来！

我为你一战成名，我们却天涯陌路

生活已把彼此变得面目全非，
可是青柠依然愿意感谢薄寒的回来，
回来寻找并试图回报。

1

是大学生活的最后一小段时间，校园里一片兵荒马乱。

那晚无聊，青柠和两个室友想出去找个地方唱歌，然后就在学校门口不远的路旁，遇见几个人打成一团。

跑过去，看到薄寒正被三个青年围攻，衣衫凌乱，明显处于下风。青柠不假思索地冲了过去……

那晚，青柠一战成名——不是因为战绩好，是因为动作帅。

女友后来形容青柠，一边往前冲一边扯下了外套的装饰铜腰带，对着那几个青年劈头盖脸就砸了下去。结果，他们反倒被青柠的气势震倒，一时乱了阵脚。薄寒趁机反攻，一拳打在其中一个青年的面部……

室友慌乱中拨打了110。

警车呼啸而至，一个没跑掉，他们集体被带到派出所。

然后，就在离毕业还有32天的时候，因为参与斗殴青柠被记过，薄寒却被刑事拘留，然后，因轻伤害罪被判半年有期徒刑。近四年的大学生活化作虚无，女友在他服刑后弃他而去。

那晚，薄寒和女友吃完饭回学校，碰见那几个醉酒青年调戏女友，双方就动了手。

这样的状况，原本薄寒该是自卫，偏偏最后那两拳伤了一个年轻人的眼睛。而那个年轻人，有着不太寻常的家境。

来自远方小城镇的薄寒，只能认下这惨痛结局。

而青柠背的那个处分，亦让她万分尴尬——人生不堪的一面在21岁这一年凸现。

离开学校，青柠胡乱找了份工作，以便尽快在这个城市留下来，如此，可以在规定的日子探望薄寒。

2

出事后，薄寒充满歉意，对青柠说，是我连累你了。

青柠笑说，天意吧，那么小的概率，可是我却碰上了。

他心疼地责备青柠，哪有女孩子遇见打架不跑却往前冲的，伤了我倒没什么，当时要是你出点事，我该拿什么还？

青柠想说，我不要你还，是我愿意的。若换了别人，我不会那么奋不顾身。

但终究没有说出口。薄寒并不知道，青柠是为了他。

没错，青柠喜欢薄寒，那个入学第一天，和青柠一同走进教室，然后坐在她左边的男生。青柠喜欢他180厘米的身高、健康的肤色和干净的笑容。

只是青柠的喜欢不曾说出口，薄寒便爱上了别的女生。一个在她踢球时给他买矿泉水、抱衣服的窈窕娇小、声音柔媚的女生。

他服刑后期，青柠便定期去看他。

明显感觉到薄寒变了，曾经的他沉默寡言，出事后话明显多了起来，神情中明显有了玩世不恭的味道。

这让青柠心疼。

3

半年后，薄寒出狱，青柠并没有接到他。他在一个狱警那里给青柠留了简单字条，只一句话：做好汉去了。

青柠没有试图去寻找薄寒，她知道，他不想让青柠找到他。所以，青柠不去做无用功。

之后，青柠决定改变一下自己。花掉所有积蓄，在网上请了形象顾问，重新换了发型，为自己置办了各种行头。

学会了温文尔雅、柔软细致。

改头换面的侠女瞄准这个城市的大公司，轮番投递简历——有了工作经验的简历。

文宇集团是青柠去面试的第三家。

三是青柠的幸运数字。

只是青柠没想到，这一次的运气会如此与众不同。因为3秒钟后，青柠想起了眼前一见之下略感眼熟的面试官，竟然是那晚所谓被薄寒打伤了眼睛的年轻男人。

他的眼睛看上去安好，依然熠熠生辉。这骗子。

但是，他没有认出青柠来。他只是对青柠的毕业院校有点惊讶，说，啊，你是某大的啊？又认真看我两眼。

他和那晚青柠见到的完全不同，眼前的他，小领口双排扣的西装，平头，肤色白净，是一个优雅的男人。

但青柠并未认错人，他面前的牌子上写：苏杭。这个名字，曾经令青柠咬牙切齿。

这个男人的背景，原来便是青柠应聘的这个家族企业。

决定不再寒暄下去，简短几句后，青柠站起来要离开时，苏杭却忽然说，如果方便，你随时可以来上班。试用期一个月，只有一个月。

青柠愣住，但即刻回应他，容我考虑两天。

4

两天后，青柠收拾妥当去文字上班——她已经没有考虑的余地，在离开文字的那天下午，青柠妈妈打来电话说，青柠爸爸因疲劳驾驶撞伤人，对方索取高额赔偿……

青柠比任何时候都需要一份收入略高的工作。

不仅如此，青柠还需要筹一些钱，而唯一的途径，便是预支工资——这对一个试用期的员工来说，简直是奢望。

可是，青柠却要赌一赌，赌苏杭对自己，有额外好感。

一周后，青柠在苏杭那里拿到存有自己一年工资的银行卡。青柠完全明白，那不是公司的钱，而是苏杭个人的。

但还是要装得不明白，然后即刻把卡快递回家救急。

三个月后，青柠把当初借了苏杭的钱执意还给了苏杭。

工作之余，苏杭偶尔约青柠看电影吃晚饭。

青柠会适当拒绝，也会适当接受，若即若离。

慢慢观察下来，苏杭并不像那种无理霸道的人，可是那晚的事情，到底为什么？

然后青柠又会想起薄寒。

想起薄寒，青柠便会主动离苏杭远一些。

5

有薄寒的消息时，青柠已经做到了小主管的位子，距离他离开已经两年多。

青柠一直没有换电话号码，或者，就是为了他可以找到自己。

分别两年的薄寒，他已经完全不再是当初的样子——穿名牌服饰、戴昂贵腕表、开跑车。一路从广州开回到这个城市——人生的变幻莫测青柠和薄寒在不同的地方都在经历。

两年前，薄寒去广州，聘到一家跆拳道馆当教练，后来遇见一个学跆拳道的当地女孩。

女孩有显赫家世，选中既懂拳脚又受过高等教育的薄寒，毫不在意薄寒入狱半年的不光彩经历。

如果曾经，青柠会把这样的故事当成传奇，那么现在，她已知道这世界真的什么都可能发生。

薄寒说，那一年忽然想明白了，生活没有那么简单，一定要活出样子来才会有尊严。

无疑，薄寒是运气好的那一个，没有在这样的追逐中沉沦或误入歧途。

而他回来，自然不是为向青柠炫富，也无意再为之前的事讨个说法。他们都已经在时光里成熟，成熟到可以为现在的优越而忘记曾经的伤害。

他只是想给予青柠一些补偿，物质的。

青柠拒绝了。

薄寒不知道，除了爱，他没有什么可以补偿青柠，可爱情，是他永远无法给予青柠的。曾经不能。现在，更加不能。因为现在的他，已不是当初的薄寒了。

生活已把彼此变得面目全非。可是青柠依然愿意感谢薄寒的回来，回来寻找并试图回报。

他不是薄情的男子。这就够了。

6

薄寒离开后，苏杭又一次约青柠吃饭，青柠接受了邀请。

选了这个城市新建不久的一家旋转餐厅，点了很贵的陈年红酒。在喝了一些后，青柠问苏杭，是不是真的不再记得我？

他沉吟片刻，说，一个人不管怎样变，她的眼神不会变。

青柠笑了，一如我所料，他只是不想拆穿曾经，在青柠坦白之前。

可是你能不能告诉我，那天晚上，到底为什么？我不觉得你是那样的人。

你非知道不可？苏杭眯起眼睛。

青柠点点头，你知道有一种人，就是死也想死个明白。

苏杭轻啜一口酒。

那天晚上，是那个妞找了我的朋友演的戏，他俩其实好了一段了，可是她不想跟薄寒直说，就想设个局……她以为薄寒会扔下她一个人跑了，这样她就可以顺理成章和薄寒分手。但是没想到，薄寒会那么倔强地动手，而你又跑了出来……

那么你的眼睛……青柠盯着他的眼睛。她已经不再为另外一个真相震惊。

已经好了，做了一个小手术。苏杭平静地说，我知道你心里一直当我仗势欺人。我没有，我唯一的错，就是不该纵容朋友那样不光明正大。可是你知道，因为年轻，我们总会犯一些错，比如做错事、爱错人，不是吗？

苏杭静静盯牢青柠。

原来，这才是真相。薄寒真的好无辜。

可是谁不曾无辜过，谁不曾做错过、爱错过？

青柠迎着苏杭的目光，当初你留下我，可有抱歉的成分？

苏杭笑起来，却没有答，在左侧的落地窗旋转到湖面的方向时，他轻轻握住了青柠的手。

青柠没有把手抽出来。

下雨了，风吹皱了夜晚霓虹中的湖面，五彩斑斓。

回放，是我打开你最好的方式

这些温暖是我想起她之后，
最后回放的一个画面，
最初回到记忆中的，
都是她的严苛、她的暴脾气……

休假回老家，一日午后，在一家商场偶遇多年不见的小学同学丹，聊了会。

丹在医院工作，已经做到了护士长……她忽然想起什么，说，你还记得郑老师不？刚做了腰间盘手术，正在医院住着呢。

然后她问，要去看看她吗？

我想了想，点点头。

1

是在去医院的途中，想起郑老师的当年。

当年，我还是小孩子的时候，我们都是小孩子的时候，对她是多么敬畏啊。而畏，远远多多于敬。多很多。

那时候的她，40岁许，150厘米的样子，矮胖，穿寂寞的蓝色或灰色方领上衣，夏天是月白色短袖。呆板的齐耳短发。幼年时出天花，她的脸上留下很多斑点。真心不好看。

并且严厉。好像从来没见她笑过，每次预备铃打过后，准时进入教室，一站到讲台上，整个空间的气氛就沉了下来。饶是再顽劣的男生，在她的课上，也会收敛许多，有点大气不敢出的意思。

她教数学。

那是多难学的一门课程啊，尤其是在那种严厉的气氛下。

可是偏偏，她的要求又那么高，完全有点现在流行的强迫症的感觉，一个新的公式，全班当堂课每个人都要背下来，还要理解。

当时我读的厂子弟小学，每个班里也不过三十几个孩子，完全可以从头轮一遍。

聪慧点儿的孩子还好说，比如我，一般会用最快时间把公式啥的迅速掌握，哪怕临时抱佛脚，也要背得滴水不漏。

天生笨一点的孩子，委实有点儿惨。她会让你站在那里，一遍遍耳提面命地重复，通常胆量小的男生，会被她一声高过一声的声音吓得哆嗦。

2

她还有一个本领，就是隔空掷粉笔头。

别提有多准了，哪怕坐在最后一排的最中间，她都可以准确无误地随手就瞄准目标，绝没有误伤事件。

当然，在她的课堂上，主观上刻意捣乱的压根没有。没有人敢。除了她的声音，教室里自始至终都是安静的。

可是安静并不代表课堂纪律完美。到底都是七八岁的小孩子啊，自制力太差，忘性又大，自我约束不了几分钟，瞌睡虫来了，开始脑袋一点一点地打盹；或者左顾右盼地走神；要么把头低下去，翻看藏在桌洞里的小画书；还有偷偷抄歌词的……五花八门。

没有谁能侥幸逃脱她的火眼金睛，这边厢没有任何防备，那边厢，她的粉笔头便出手了。

就那么一抬手，好像小李飞刀的飞刀一般。看不到飞刀的痕迹，就听稚嫩的"啊"的一声，目标已经击中！

但这还不是最厉害的。

最厉害的是，她那时心脏不太好，每次去上课，都要带着一个黄色的玻璃小药瓶，和教案一起放到讲桌上。

过于激动或气愤时，她的脸色会变白，需要当即打开药瓶，取出几粒药来服下。

最严重的一次，她没有吃药，而是把药瓶拿起来摔碎了。结果她自己晕倒了。

那次，是两个男生不知为了什么，在课堂上忽然打了起来。

她休养了好几天才重回教室。

3

那以后，她的课上，再也没有孩子敢造次。而她也由此名声大噪，整个子弟学校乃至整个厂区，都知道了她的认真和严厉——小孩子多想躲开她，不被分到她的班里啊。可是家长们，却恨不能把所有孩子都塞给她，让她管着。因为……她的这种严苛竟然有用啊，我们班的数学成绩，一直在各个班级中名列前茅。

包括对数学并无太大兴趣的我，整个小学，数学基本都保持在满分的成绩上。

中学其实可以在那所子弟学校继续就读的，但是……我还是选择了远一些的学校。尽管她并不教授中学课程，我却依然心有余悸，好像非要从形式上，脱离了她的严苛不可。

多么……年少无知啊。可惜当时不觉。

就真的去了县城另一所中学，读了初中、高中，继续读下去……没有再见过她。后来，我家先从那个大院搬出来。不久她也退了休，搬去城里和儿子一起生活了。

再后来，我离开小城，去了外面。每年只有节假日回去陪父母小住，和过往渐渐断了关联，更是再无她的音讯。

只是知道，她的女儿，当时我读小学的同桌可宁，一路从本硕博读完后，在中科院待了两年，如今在北师大当老师。

是我们当中，最有出息的孩子。

未想无意中，她又被拉回到眼前。

4

去到病房，第一眼，我没有认出她来。

时间太久了，三十年了，她已年过七旬，心脏病、眼疾、骨质增生、腰椎间盘突出、高血压……多年被各种身体疾患纠缠，她已是个苍老多病的妇人。

依旧胖，头发花白，皱纹丛生。半躺在病床上，输着一瓶浅黄色的药液。

眼神不大好了，在我和同学喊了她几声后，才模模糊糊看清我们。

但是，能相信吗？她竟在那一刻准确无误地叫出了我的名字，准确得，一如当年粉笔头的投掷。

我的姓，我的名字。

心头一酸，我答应了一声，靠近过去，蹲下来，握住她遍布老年斑的手。

她的声音不再那么高亢，但依然充满热情和力量，询问我的现状，我的家庭，我的一切。

而让我诧异的，是她竟然知道我当年考了什么大学，大致成绩如何。她笑着说，那时候我就知道，你会有出息。

我有些惭愧，在那一刻，真诚地说着关注她身体的话。

她却不太在意，轻描淡写地道，没什么大毛病，不过年纪大了……关注点依然在我，和她昔日教授的一拨又一拨孩子身上。她随口提起一个又一个名字，他们的儿时，他们的后来，他们的，现在……

如数家珍。

对那些名字陌生了的，反倒是我。光阴之后，我忘掉了太多人，太多事……

说到高兴处，她忽然在枕头下摸出一个相册来，说，看看你当年的样子。

我愕然。

5

那是一种在我记忆中已完全没有了印记的旧相册。如果不是那一刻看到，我想我这辈子都不会记起来，曾经，还有这样一种古老的相册。

那种彩色塑料封面的相册，内里是黑色的、硬质的纸板，纸板之间，有一张薄如蝉翼的白色纸张。

很小的黑白照片，要用胶水贴在黑色纸板上，并排或者倾斜，全看个人喜好。

每一张纸板可以贴十几张一寸的小照片。

那本相册，隔着黑纸板的白色纸张，已经泛了黄。如同所有的黑白照片，都已泛了黄。

照片中，一排排七八岁、十一二岁孩子的青涩面容，定格在久远之前的时光中。

也有放大一点的，长方形，她刻意倾斜着，不规则地贴出一种视觉效果来。

还有少许几张人工上了色彩的合影照，大抵拍于小学毕业时，不同的孩子，不同的组合，同样的姿势和表情……那么单纯青涩。

我在第五页看到了当年小学毕业时的我自己，同样单纯而青涩的面容和表情。

那是在我生命中丢失了的记忆啊，这么多年，我把曾经的我、我们，还有她，都丢弃在了时光中。

可是她，却一直记得。

6

我轻轻翻看着，看着每一张黑纸板的最下面的空白处，都贴了一小片白色的止疼贴。上面，写着一个又一个的名字。

正是她口中耳熟能详的名字，标注着，第一排第一个，某某。第一排第二个，某某某……

她的字体，所幸我还能记起。

她还在笑着跟我絮叨着，絮叨没有说完的名字。而陪伴她的女儿可宁，小声跟我说，她老了，记性越来越差，怕终究会忘了，所以，干脆就把大家的名字都这样写了下来……

我轻轻点头，忽然就想起了当年，每一个过生日小孩或者生病了的小孩，都会被她叫到家里吃一碗鸡蛋面。

面是手擀的，她那么低的个头，又胖，擀面时要一直踮着脚才能用上力。一块大大的面团，经过一次次擀制，最后变成又细又薄又筋道的面条。

她做的鸡蛋手擀面，我吃过十几次吧？生日时，感冒时，腹痛时……现在想起来，那是我有生之年，吃过的最好的手擀面了。可是，这些温暖是我想起她之后，最后回放的一个画面，最初回到记忆中的，都是她的严苛、她的暴脾气……

轻轻合上那本珍贵的相册，我哭了吗？瞬间冲入眼帘的热热的液体，可是泪水？

忍着没有让它们落下来，可是怕会湿了这无与伦比的珍贵？

好朋友，有时在我们的背光处

原来，
某一处，
还有堪称朋友的人，
用那种真心实意地小温情，
突然就暖了你那么一下子。

不知从哪一天开始，发现身边的朋友有些少了。确切说，是忽然发现，原来朋友，真的不像年少时以为的那样，一起逃过课、一起看过演唱会、一起分享过关于一个男生的秘密……甚至可能一起讨厌一个老师，就算了。

那时候觉得朋友简直可以遍天下，半夜蹲在街边吃个串儿，碰到同样喜欢半夜吃串的姑娘，手里都握着啤酒瓶，就那么一下子，觉得可以做一辈子朋友了。

但事实是，也就那么一下子，聊了两句后，她一开口说脏话，我便微微蹙了眉头。

其实说脏话的姑娘未必心地坏，我十七八岁的时候，也有那么几个月，被网络上那些各色的词语捆绑了，张口闭口，都特招人烦，自己还自以为是。

但是好在，我醒悟了，觉得好好说话其实更好。

所以呢，我们也就是一起撸了个串，喝了瓶啤酒，温情在那个午夜。我们各奔东西后便戛然而止。

我们慢慢成长，很自然地，对友情的要求越来越高，对朋友的概念，也越来越挑剔，一路走下来才知道，能和我们做朋友的人，其实真的不多——要性情相投，要三观相仿，要爱好一致……其中任何一样相左，都会导致这段友情走到窄处，慢慢地，就会觉得走不下去了。

于是会感慨，好的友情果然和好的爱情一样难得啊。

不过呢……

对，凡事就怕不过。凡事，也幸好有个不过。

不过有时候呢，会惊喜地发现，原来，某一处，还有堪称朋友的人，用那种真心实意地小温情，突然就暖了你那么一下子。

前两日，跟一家出版社的编辑聊微信，她告诉我，在某网站销售的我的前两年做的一本书，有人一下买了50本呢。她笑着问我："是你朋友吧？没准是你逼着买的吧？"又开玩笑说，

"卖得多，也不会多给你版税的，别逼朋友了……"

说着，哈哈两声。

我和这位年轻的美女编辑，因为一本书来来回回地联系，已经非常熟悉，虽未曾谋面，但说话却很随意，经常会开几句玩笑。只是，这次的事情，笑过了，我竟然无言以对。

她真的冤枉我了，这几年，机缘凑巧，差不多每年出一两本书，长篇，或者短篇合集，因为是版税协议，出版社都没有要求个人在销售方面做工作，所以，几乎每本书，都是"默默出版"的，我性子又懒，甚至连发个朋友圈都省略掉，更别说拿这事儿啰唆朋友——这么多年总结出来一件事，朋友真的不是用来麻烦的。

所以，50 本书这事，我不是知情者，我也从来不曾要求过任何朋友购买我的新书，反倒是每次有新书出版，朋友或昔日的同学得到消息，都会理所当然地要求赠送。

我有自知之明，向来觉得，能开口理所当然地跟我要书的，也算是对我厚待的。

所以，每次新书出来，样书不够分配，我自己，倒是常常在网站买自己的书，然后分了不同的地址快递过去。

而这次，50 本书虽然不算什么，我还是有明显的意外和诧异。于是跟编辑聊完后，我坐在飘窗投射过的午后阳光里，搜索这几年比较厚待我的熟人，但是……我没想出来。这两年走得近的朋友，都不是这种性子，真要一时兴起买了，也会跟我打招呼的。

后来灵机一动，干脆打开了那家网站，找到了我的书，也看到销售状况和读者评论。

那本书，卖得不好不坏，评论不算多，但内容还算褒奖得多，其中有一条，吸引到了我，因为写得很长，大概有两三百字的样子，除了对图书的夸奖，后面还有这样一段话：我和作者儿时相识，曾一起度过年少时光，曾经的她，精灵古怪，想来如今的她，已如文字般婉约曼妙，希望她一直都好……

愣怔许久。

年少朋友遍天下，有些分开多年，名字都已记不起，而留在这里的，也只是一个虚幻的网名，而我在那个名字中找不到任何蛛丝马迹。

他是谁？或者她是谁？如今在哪里？还这样温暖地记得我。

真的疑惑了好些天。

好像在那个漫长的冬天，想起这件事来，心头都有些微微的暖。

春节临近，我如往年，在除夕前赶回老家过年。

惯例，年后和几个高中同学小聚，席间，忽然一个同学想起来什么，对我说："对了，前一段，淼淼给大家每人送了一本你的书。

我一愣："淼淼？"

"你不知道吗？"同学诧异，"你们上学时那么要好，还以为你让她送的呢。以前你每一次出新书，她都送过大家的……不过现在她真是宅得很，不爱热闹，聚会喊了几次，她都婉言谢绝了，后来，也就不再喊她了……"

我怔怔地，半天说不出话来。

没想到是她。这么多年，在我的记忆里，她几乎已经淡落。那个眉目纤细、笑容羞涩、话永远不多的女孩子，读高中的时候，我和她住同一间宿舍，床铺挨着。或许是性格的缘故，总觉得她是个天生的弱女子，我却相反，扎扎实实是个如今人们爱说的"女汉子"，所以，总以强者的身份来照顾她。

也都是小事情而已，比如多打一瓶开水，帮她换换床单被罩，帮她挡一挡追她的男孩子……已经不太记得许多。然后，各自考上不同的大学，她去南方，我去北方，就此别过，再无联系，我甚至不知道，她毕业后又回了家乡小城。

没想到，时隔多年，她却以这样的方式在我的生活里重新出现。不，确切说，她一直在她的生活里看着我的生活，但是，她不说——她就是那种站在我背光处的朋友吧，不会挤在我人生的热闹和风光处，连锦上添花都是悄无声息的。

那天晚上，因为淼淼，我想起微信好友中一个恒久沉默的人。

前段时间，因为新任主管的无故刁难，工作极其不顺，颈椎也出了问题，心情和身体都糟糕透了。

不知如何排解，于是便频繁写上一段话发在微信朋友圈，那些话，看上去都很寻常，有时写老朋友，有时写看到的风景，也有时是写一个擦肩而过的陌生人……也曾发一张简单的饭菜的图片，配三字话：一人食。

没有抱怨或自怨自艾。都没有。但是内心，确实借着那些文字在倾诉。

也有很多朋友点个赞或者评论两句，说声"呵呵"之类的话，没有人看出问题。

大概半个月后，那天晚上，却看到他发来的微信，问：出什么事了？

简简单单五个字，瞬间，令所有的掩饰轰然坍塌，我一下就哭了。是的，他看出来了，在这些简单平常的文字里，他看出了我的异常，不放心，所以询问。

在数百人的朋友圈，我和他，算得上交流最少的吧，我们是多年前的邻居，多年后无意中重逢，后来加了好友。之后，也简单聊过几次，不过是问候。慢慢地，好像彼此都无话可说，也就不再说什么了，很多时候，我甚至记不起朋友圈里还有一个他。

可是，就是这个我几乎记不起来的人，却一眼看出我的生活出了问题。甚至连最亲近的男友都不曾察觉我的变化。我的眼泪，是因为被他说中，更是因为感动，因为我知道，他，是疼我的人。

但终归，没有对他说出实情，只说了两个字：谢谢。

说了又如何呢？一个生活真相中熟悉的陌生人，帮不了我什么，除了安慰，可是隔着遥远距离的安慰，毫无作用。可是那晚之后，我冷静了下来。第二天去到公司，我主动找到主管开诚布公地和他谈了一次话，消除了一些因为彼此不了解造成的误会，他表示以后会慎重行事。我也开始每天去做颈椎康复治疗，……

一切过去之后，再一次，我打开微信，对他说了声"谢谢"，感谢他在世界的另一处，不动声色地在意着我。

谢谢淼淼，谢谢他，谢谢他们站在我的背光处，却依然用几分诚心暖着我。

爱情在岸上

AIQING
ZAI ANSHANG

他们的爱情，
在人生的风雨和人心的多变中，
摔打了那么多年，
依然那么好看。

爱你是一场值得的冒险

> 喜宁知道自己，
> 无姿色、家境抑或长袖善舞的本领，
> 忍耐和包容是她唯一所长。
> 于生存如此，于婚姻，亦是。

1

自机场回转的途中，梁宇打电话给美泽，约了晚上见——喜宁去香港出差，虽然只有三天时间，也够梁宇放纵一下了。

婚姻终归是有点儿闷人的，尤其本身不是为了爱情而有的婚姻，尤其……喜宁那种好听了是"沉得住气"实则是温暾的性子。

当然，梁宇早知道喜宁的性子是如此，温暾、沉得住气、有耐性……若非如此，他们未见得会成为夫妻。

初识，梁宇的身份，还是别人的男友，女友许凤桐，导游一枚，地道美女，美得妖娆夺目。梁宇于一次旅行时认识凤桐，从此倾尽全部情意。只是梁宇不知道，凤桐心高，从来没把梁宇这个小银行职员视为最后归宿，只当他是跳板而已。

那晚，凤桐和梁宇吃了他们最后的晚餐，吃到中途，凤桐平静提出分手。

梁宇一下就蒙了，一口牛排噎在喉中，噎得他半天说不出一句话。凤桐却趁这当口起身离去，甚至从容地买了单。

凤桐走后，梁宇愣怔许久，突然对服务生说，来一打喜力。

彼时坐在梁宇隔壁卡座的喜宁，刚加完班，来到公司附近的这家西餐店吃晚饭，便目睹了一个失恋男子的失态——梁宇飞快将自己喝多了，喝得踉跄而混乱，站也站不起，坐也坐不住，吆三喝四……喜宁终于看不下，看不下一个如此俊朗的男子，因一场俗气的失恋，将自己折腾得狼狈不堪。于是喜宁起身走过去，扶住了晃晃悠悠的梁宇。

梁宇凌乱的眼神一丝丝拂过喜宁的面容，他不认得她，却忽然如无助孩童般牢牢抓住喜宁的手臂，他说："别走。"

喜宁叹口气，莫名觉得心软，暗忖，他真好看，有人却不要他。喜宁扶梁宇坐稳，跟服务生要了大杯的苏打水，仔细照顾梁宇喝下。

那晚，喜宁一直陪了梁宇整整6个小时，至午夜西餐店打烊。离开时，梁宇已清醒许多。

2

就那么认识了，喜宁给梁宇的感觉说不上好，更说不上不好。中人之姿，电气公司职员的工作不算好，也不很坏，26 岁的年纪，家在外地，但自己名下，也有套按揭的七八十平方米的小居室。最主要的，是喜宁那份"泰山崩于前而面不改色"的性子。很难想象，一个无半点背景独自闯荡于这陌生都市的年轻女子，却那么不慌不忙。用梁宇朋友也是喜宁同事的话说，喜宁别无所长，却善于收拾残局。

朋友的评价源于和喜宁同事三年的相处经历，喜宁并没有很强的工作能力，学历也一般，在公司，从没有过出色的业绩，可当初和她一起去公司的，都已被辞退，喜宁却安稳待了下来，原因就是她从来不挑不捡，别人不愿做的，她都去做，不管谁让帮个小忙，也从不拒绝……喜宁确实担待包容。比如最初，他如祥林嫂那般频繁跟她絮叨失恋的苦楚，每一次，喜宁都耐心倾听，从不发表见解，更不表示厌烦，到最后梁宇自己都烦了。比如梁宇和狐朋狗友吃夜市，咋咋呼呼到很晚，一般女孩子都受不了，喜宁却能一直陪着，不急不催……梁宇慢慢觉得，和喜宁在一起，有一种说不出的安全感。

处了差不多一年，在喜宁 27 岁生日的时候，梁宇说，要不，咱们结婚吧。

话说得貌似突然，其实这个问题梁宇心里已经过了很多遍，梁宇知道自己不可能再遇上一个许凤桐那般美貌的女子，也不会有别的谁，像喜宁那样了解和包容他的情感历史，又都到了结婚的年纪。梁宇觉得，总要结一次婚的，过过看也好。

喜宁同意了。举办了一场不张扬的婚礼，喜宁的房子租出去，搬到梁宇那里。

3

认识美泽是结婚两个月后，在梁宇下班后常去的健身房。结婚后，喜宁依旧经常加班，有时是自己的事，有时是替别人。梁宇每天下班后去健身房，既锻炼身体，又打发时间，艳遇，则是额外福利。

其实美泽并不很年轻，或者比梁宇还长三两岁，但她皮肤紧致、身形凹凸有致却不单薄，是长期运动的结果。直白说，美泽性感、充满风情。

说不上谁主动诱惑了谁，或者彼此同时嗅出了对方想要靠近的气息——这是城市里成年男女太常见的游戏，规则彼此熟知，所以，两人很快便在一起了。

美泽已婚，丈夫外派日本已快两年，自己开一家已成气候的网店，雇了人打理，空闲时间繁多。

　　当然，除了诱惑，也有喜欢的成分吧，美泽成熟，不像年轻女孩那样多事、缠人，甚至经济上，也不占梁宇半分。梁宇自美泽那里，获取喜宁所没有的情致和情欲。而美泽，亦拿梁宇来填补感情和身体空虚。两人各取所需，更相安无事。

　　那晚饭后，顺理成章，梁宇和美泽去了常去的酒店。喜宁亦未打电话询问梁宇行踪。喜宁不会如此。何况，梁宇想也想得出来，喜宁或者压根没空惦记她，她需穿梭于中环各个店铺，给同事买包包、化妆品、衣物……这就是姜喜宁，从不拒绝，有求必应。

　　那么，如他和美泽，只要相安无事，各得其所也好。

　　那三日，梁宇都没回家，早晚同美泽缱绻于酒店。其实梁宇开始没想做得如此"没出息"，从凤桐离开后，梁宇对女人的心思浅淡了好多，只是美泽好似随口说，她老公即将结束外派工作，半个月后就回来了。

　　当然，美泽不是随口，话中有暗喻，梁宇知道，她在告诉他，他们的缘分快到尽头。这是规则，彼此心知肚明。所以，梁宇有点"最后的狂欢"那种感觉，有些不舍。最后干脆请了一天假，要了外卖，整日和美泽幽于房间中。

　　但梁宇万万没想到，这"最后的狂欢"却会以那样尴尬的方式收尾——他和美泽被提早回国的美泽的老公堵在酒店里。对方为何突然回来又如何得知确切消息，梁宇已不得而知，他唯一需要面对的结果，是美泽的老公一定要梁宇喊来喜宁，四个人当面说清楚。而此时，喜宁正在回程的飞机上。那个男人一言不发地坐在酒店房间的沙发上，一边玩手机一边极有耐心地等待。这场面让梁宇崩溃，直至美泽再也无法忍耐，丢下一句"离婚好了，都随你"夺门而出。

梁宇却出不去，男人堵在门口，坚持要他等着喜宁来"领"。梁宇终于忍耐不住动了手……喜宁推门而入的时候，每日出入健身房的梁宇，已经将对方打倒在地，梁宇额角也不知撞到哪里流了血。

男人报了警。由此，一场活色生香的幽会，成为凌乱不堪的残局。面对庄严的人民警察，梁宇不知如何收拾。

收拾残局的，是喜宁。

4

梁宇不知喜宁到底如何做到的，又对美泽老公说了什么，让那个处心积虑要将事端闹大的男人，最后同意了"私了"，甚至，梁宇还差点打断了他的肋骨。喜宁"领着"梁宇回家的时候，已经是后半夜。

一路上，喜宁都没有说话，好像没顾上——她的行李箱太大，如梁宇所料，装满带给同事的物品。倒是梁宇后来先开了口，只说了一个字，我……就被喜宁制止了，她把偌大的行李箱塞给他，让他拎着，看他一眼，累死了，先回家睡觉，睡醒再说。

但睡醒后，喜宁依旧什么都没说，按部就班，做早饭、喊梁宇起床、找出梁宇的衬衫，饭后一起出门……一直到过了好些天，喜宁都没有提过那天的事，好像从来没有发生过。

喜宁不说，梁宇更不说，他没那么自找无趣。

中间，梁宇试着和美泽联系了几次，都未果，电话不通，微信没有回复，网店也显示已关闭。出了这样的事，终究，梁宇不能心安。直到差不多一个月后，周末的早上，梁宇忽然收到美泽的微信，短短几句话：他其实早就跟别人好了，一直在等这一天。没什么，我出国了，我很好。你好好过日子吧。

看了两遍，梁宇没有回，觉得没有什么好说的。心里却不由自主发出深深叹息，却不知是为美泽，还是自己。但梁宇知道，如美泽所说，以后，他会收起各种心猿意马，和喜宁好好过日子，不为别的，只为喜宁是两次为他收拾了残局的女子。一次婚前，一次婚后。恐怕这世上，没有谁能再和他有这种缘分，也没有谁能知他、容他如喜宁这么多。梁宇知道，经历了这一场，他和喜宁的婚姻，已从最初的平淡过渡到了稳固，以他对喜宁的了解，她以后也决不会以此当作梁宇的把柄，那不是她为他收拾残局的目的。

梁宇猜对了，甚至于喜宁而言，梁宇的"外遇事故"并不是一件坏事，她喜欢这个俊朗的男人，也冒险和他结了婚，但并没有太多把握，他能和她好好走到底。这件事却像一帖牢固的双面胶，将她和梁宇的未来牢牢胶合到了一起。喜宁知道自己，无姿色、家境抑或长袖善舞的本领，忍耐和包容是她唯一所长。于生存如此，于婚姻，亦是。尽管这样的婚姻可能离幸福还有些距离，开始天长日久，两个人捆绑在一起，同甘苦、共进退，总会越来越好的。喜宁早已明白，在这个物欲横流的年代，能拥有一份婚姻，并这样经营下去，已是幸运。就像花朵，即便开在废墟上，也终归会有花朵的美丽。

所以，结局最重要——那晚，在偷偷看了美泽发给梁宇的微信后，抱着梁宇的手臂，喜宁睡得很踏实。

不是哪个男子，都会对她如此用心；更不是哪个男子，为了一份未知的情感，都舍得这样真刀真枪地实战。

"水饺公主"的门当户对

那天晚上，
在自己店铺的墙上，
小双翻找了上百张靛蓝色的便签，
同样的字体，
各种简短的话语，
都在表达一种暗恋许久的情感。

1

那日，午饭前短暂的闲暇时间，店里的小妹问小双，你说，对面不会也要开水饺店吧？

小双就透过窗子懒懒地朝对面扫了一眼，隔着窄窄的街道，几个装修工人正在紧锣密鼓地忙碌着。对面那间铺子，原本卖奶茶，但不出小双所料，开了两个月便关张了——这条离高校最近的小吃街，奶茶店比比皆是，竞争太激烈。小吃店倒也不少，但小双的水饺店，依然生意兴隆，铺子里的十几张桌子，整日

108

座无虚席。将小双和几个员工养得丰衣足食。

她陆小双是谁？大学四年的食品专业，不是白学的。

由此，小双还得了个"水饺公主"的封号。

但此刻，小双对对面的即将开张的铺子半点儿兴趣都无。因为，她失恋了。

半个月前，赵耀终于正式提出了分手。他说，父母终究不能接受他们那样的家庭，娶一个小水饺店的女老板。

当时，小双的第一反应是想"呸"赵耀一口，他什么样的家庭？爹妈不就是政府机关的公务员吗？水饺店老板怎么了？自食其力，一个月赚的钱顶赵耀一家子的收入，他们凭什么那么自以为是？

但小双最终还是克制住了愤怒，因为忧伤接踵而至。从大一下半学期到毕业，她和赵耀一起四年了。但是四年的感情，却在生活最简单的检测中交了个不合格的答卷。之前，当小双决定就在母校旁边开一家水饺店的时候，赵耀以为她在开玩笑，直到小双说服了父母拿到开店的资金盘下了店铺，才知道小双是玩真的。起初赵耀好言相劝，说找不到工作就不找，我养着你。又说，哪怕随便找家公司做个文员也好……

那时，赵耀认定小双只是接连找工作受挫才赌气开水饺店的。

这让小双不忿儿，看，他宁肯养着她，也不希望她去当水饺店的老板。说到底，是虚荣罢了，小水饺店老板，说出去上不了台面。

小双却心意已决。工作不好找倒是事实，小双努力过，但连一家无名的小食品公司都不愿接收她。由此，小双才决定干脆自己当老板，而开水饺店，也是小双从小的愿望。

小双自小跟着外婆长大，外婆包得一手好水饺，擅长调制各种馅儿料，小双百吃不厌。外婆去世后，小双便再没有吃过那么好吃的水饺了。但心里一直藏着一个愿望，寻找出记忆里外婆的味道，每天与之相伴。

可这样情深的故事，也并不能打动赵耀。他下最后通牒，要么关了店铺谈婚论嫁，要么分手。

陆小双岂怕威胁？二话没说，分手就分手。何况，小双不相信委屈便能求全，既然道不同，一起走下去，也未见得会幸福。

伤心却终所难免，四年的情爱转眼烟消云散，小双心里多少觉得空落落。

就在这样空落的情绪里，对面的铺子装修完毕，择日开张了。小双被吓一跳，那家小店，装修风格和小双的"小双水饺"完全一致，连招牌的字体都一样，四个字：无双馄饨。

还都是靛蓝色。

摆明了要打擂台嘛，不只店里的小妹不忿儿，小双的无名火也噌噌地冒了出来。

2

　　小妹乔装偷偷去对面的店里侦查了三次，汇报如下：对面的老板是个年轻男子，浓眉大眼，长得不丑。但不经常在店里，小双只见了一次，她用一碗馄饨的钱收买了一个小服务生，才知道那个人是老板。姓许，名字不详。另外，"无双馄饨"的馄饨个头超大，馅儿料饱满，以海鲜类馅儿料为招牌，比如虾仁馅儿、蟹黄馅儿、金枪鱼馅儿……对于一个内陆城市来说，这些海鲜馅儿料实属难得，但味道却……小妹犹豫了一下，低声道，味道绝佳，跟咱们的水饺真有一拼。所以，生意不错。

　　小双被气乐了，金枪鱼馅儿，这不明显是抄袭嘛！小双的水饺店，卖得最好的便是鲍鱼韭菜和金枪鱼水饺。原材料千里迢迢运来，从成品到细腻的馅儿，后厨的师傅要进行精加工，当初，小双弄坏了十几盆馅儿料才尝试着调出了外婆的味道。而现在，对方拿了她的业绩去赚取利润，简直欺人太甚？生意当然不会错，自己的店里已经开始有空位。毫无疑问，顾客被对面抢跑了。对方做的，其实就是带汤、皮薄的水饺，用了馄饨的名儿而已。

　　真是大大的奸商啊。

　　但是？能怎样呢？跑去跟对方吵闹或者干脆打一场官司？都不见得能讨到便宜，抄袭不犯法，说是巧合也未尝不可。但小双气恼过了也不无疑惑，馅儿料最后的调制程序，都是小双本人来完成，对方怎能学到呢？

最后，小双决定自己去一探究竟。

3

进入"无双馄饨"，小双又被气乐了，连桌椅板凳的摆放都和自己的店一致，还有墙壁上满墙五颜六色的留言帖……如果不是三个服务生皆是男孩子，小双觉得压根就是坐在自己的店里。

这奸商，对她陆小双，简直是了如指掌。

小双要了一荤一素两碗馄饨，分别是虾仁和雪菜馅儿。

做服务的小弟疑惑，姐，您吃得完吗？我们的馄饨分量很大的，跟对面的水饺差不多。

小双这个气，瞪了小弟一眼，我吃一碗倒一碗，行吗？

小弟吐吐舌头，没敢再多说，一溜烟跑去了厨房。

两碗馄饨很快送上来，果然分量很大，也果然，味道可口。两家店平分秋色的局面，看样子不好改变，虽然这两日小双又加了新的品种，但是这招数不新，恐怕很快对方的品种也会出新。

小双懊恼，干脆把两碗馄饨吃得半点儿不剩，然后，在桌角的方盒内拿出一张靛蓝色便签，写了俩字：奸商！啪地贴到墙上，起身，慢悠悠踱了出去。

吃得太撑，只能慢悠悠。

　　但是，小双没想到，当天晚上，自己店里的墙壁上，出现的新便签中，有一张，也是心形，也是靛蓝色，上面四个字：谢谢夸奖。

　　闲暇时，店里俩小妹喜欢看看新贴的便签上那些或有趣或矫情或诙谐或浪漫的留言。但这四个字，一个小妹很不解，啥意思吗？

　　小双却心知肚明，不动声色地调出监控，然后，在电脑屏幕上，小双看到了写便签和贴便签的人——一个浓眉大眼的年轻男子。

　　竟是许柘，前男友赵耀的室友许柘。

　　小双傻眼了。

4

　　午后，在许柘的小店，小双和许柘面对面坐着，她盯着他，默默不语。

　　三分钟后，许柘终于先开了口，小双，我，我是故意的。

　　小双笑，她当然知道他是故意的，但是，为什么呢？

　　许柘的老爹经营两家连锁的粤菜酒店，规模不算小。许柘学食品专业，也是为了子承父业。因为这样的身份，当时在学校，不知道多少女生对许柘穷追不舍。连赵耀都说，许柘眼界太高，一般的女孩，根本入不了他的眼。

在小双的记忆中，许柘倒不怎么傲气，反倒有点儿羞涩，常常从家里带一些好吃的跟室友分享，作为赵耀的女友，小双没少吃许柘带的东西。

大家在一起时，也会开开玩笑，除此，两人并没有任何交集，毕业后，甚至连联系方式都未保留。没成想，半年后再见，竟是这样的方式。

其实，小双心里已经隐隐有了答案，但是，她不能确定，或者不想确定。她从来没有更多留意过许柘，没有对他动过心思。尽管他，的确是"浓眉大眼"。

许柘也开始沉默，一直低着头，然后，额头慢慢蒙了一层汗水。

小双的心，因这层软软的汗水也无端地软起来。没想到许柘是如此的性格，不善言辞，但，善于行动。她不想再继续难为他，于是轻声问，以前，你经常来吃我的水饺吗？

许柘抬起头来，脸倏地红了，却还是诚实地点头，嗯，每一天都来，每一天。他说，墙壁上那些靛蓝色的便签，很多都是我贴上去的，但是你不大留意，又不经常在前台，所以，没有见过我。

难怪他对一切了如指掌。但是，那些相同的味道……

吃得多了，久了，就熟悉了，自己试着调制，慢慢就摸到窍门了。许柘不好意思地笑，别忘了，我也是学食品的。

这倒是，并且许柘的实践成绩一直比她好。所以，对于吃，难不住她陆小双的事，更难不倒许柘。

小双幽幽地叹口气，这一刻，她忽然决定认输了，跟眼前这个"奸商"——不是哪个男子，都会对她如此用心；更不是哪个男子，为了一份未知的情感，都舍得这样真刀真枪地实战。和许柘比起来，赵耀简直就像个逃兵一般，不堪人生的轻轻一击。

但，矜持还是要有的，于是小双说，许柘同学，你这，算不算侵犯我的版权？

算！算！算！许柘连声认可，我愿意把"无双馄饨"偿还给你，可好？

小双没有回答，冲许柘笑了笑，起身离开了。

那天晚上，在自己店铺的墙上，小双翻找了上百张靛蓝色的便签，同样的字体，各种简短的话语，都在表达一种暗恋许久的情感。其中有一张这样写：多么遗憾，他先看到了你。

小双的心就疼了一下，是啊，当初，是赵耀先看到了她，所以，她也先看到了赵耀。为此，要在 4 年之后，她才能读懂许柘眼神里曾经那些遗憾、惋惜、无奈和伤感。

然后，在看到"做'无双'的老板娘好不好"这句话时，小双翘起唇角，轻轻笑起来。她想，这，才是和她这个"水饺公主"门当户对的爱情吧？

姑娘，待你长发及腰

别追了，
这点小事都能误会，
以后怎么过日子？

1

许年一直记得小虞应聘时的情形。

略瘦，个头不低，五官不算秀气，但眼睛很好看，典型的特征，长发及腰。

这些年，少见把头发留到这么长的姑娘了，尤其是，小虞的头发还那么茂密顺畅，许年忍不住端详了半天，最后还是摇了摇头："对不起啊，姑娘，招聘启事写明白了，不要女的。"

"破个例呗，大哥。"小虞一开口，东北味冒了出来。

许年扑哧乐了："这个例不太好破，哪有自己定了规矩自己破的？"——虽然不打算留下她，许年还是不介意多聊几句。

小虞却没有再跟他聊下去，撂下一句"那你等着"，迅速闪人。

许年叹口气。元旦一过就是春节，快递员大多会回家过年，他是太等人用。等春节期间还愿意走街串巷送快递的小伙，而不是一个长发及腰的姑娘。

可是接下来，一听到"春节不放假"这几个字，十个有八个小伙打了退堂鼓，剩下的，即便没有当即拒绝，态度也很模糊。许年不确定，到时候他们会不走。当然，合同可以签明确，但不情愿有什么意思？许年喜欢你情我愿。所以，眼看三个小时过去了，许年只招来两名员工，其中还有一个中年男子，条件并不太理想。

就在许年一筹莫展的时候，猛然听到有人说："这样可以了吗？"

许年一抬头，吓了一跳，说话的正是东北姑娘小虞，虞巧巧，她竟然把一头长发剪掉了，剪成了两寸许的短发。许年是真被吓住了，他觉得留长发的姑娘一般都视长发如生命，轻易不会剪，读中学时，就因为学校规定不许女生留长发，班里有个女孩竟然要退学……可是小虞……许年指着她，有些结结巴巴："你……你的头发……"

"剪了。"小虞打了一声呼哨，"没花钱，还赚了800块。你不就是嫌我头发长，现在我的条件合适了吧？"

许年瞠目结舌，这算什么理由？但人家可是把那么长、那么好的头发都剪掉了，生硬拒绝，于心何忍？可是，她真的不合适啊。

"要么这样，我先干三天，他们送多少我就送多少，如果不行，你再辞我。"见许年依旧迟疑，小虞主动提出愿意试用。

许年觉得，如果再说不行，他就不是男人了。眼下他能做的，只有点头，用力点。

2

三天后，小虞正式成为许年负责的某通快递公司某分部唯一的女快递员。那三天，小虞接收和送出的快件，和有三年工作经验的小伙子竟不相上下。第三天晚上，当小虞送完最后一份快件，回公司交付完回单和承揽的业务时，已经是夜晚 10 点。姑娘一边长长舒口气，一边说："饿死我了，从早上到现在，就吃了一个汉堡。"

许年当然知道，快递没有别的窍门，新手只能跑得快点儿，干的时间多点儿。忽然的，许年就有点儿心软，真不知这姑娘找份其他工作有多不易，非来送快递不可。心软了，口也跟着软了，许年脱口说："要么，我请你吃夜宵吧？"

"好啊。"小虞一点都不客气，"请我吃点好的吧，需要补充营养。"

东北姑娘的实在，那天晚上，许年算是见识了。在一家 24 小时营业的连锁快餐店。三分钟没过，小虞已经点完了四个菜，鸡鱼肉蛋，样样不缺，外加三瓶啤酒两碗米饭。

许年又开始结巴："这么多，吃……吃得下吗？"

"放心。"小虞挥挥手，"大学时我跟同学打赌，连吃了六碗米饭，她请我看了六场电影。"

许年顿时对这位姑娘刮目相看，吃 6 碗白米饭不是什么大事，关键是在大学……"你大学生啊？"许年诧异。

"怎么了？"小虞瞥了许年一眼，"大学生不能送快递吗？"

"倒也不是。"许年公司有几个大学生，但送快递的小虞是唯一一个。女孩，大学生，送快递。许年摇摇头，"干吗不找份别的工作？"

小虞已经开始大快朵颐，夹了排骨放在米饭上，满满一碗，几分钟消灭掉，才开始回答许年，"你这里不是工资高吗？春节期间给双份，不能赖啊。"

许年笑起来："等钱用啊？"

"唔。"小虞又塞了一块排骨，含糊应了一声，然后端起啤酒杯将满杯灌下去，动作之豪爽，让许年忍不住伸出手，摸了摸小虞毛茸茸的短发。他觉得她太率真。而几乎同时，许年的第六感突觉异常，一转头，半米外的玻璃窗外，贺嘉正用一种匪夷所思的眼神看着他。

许年傻眼了。

3

贺嘉，许年追了三年的女神。

三年前，同样刚刚大学毕业的贺嘉，一时未找到合适工作，在许年那里"屈就"了两个月。那是个漂亮得连睫毛都透着骄傲的姑娘，那俩月，许年基本啥都没舍得让她做。饶是如此，两个月后，贺嘉还是去了某银行前台做了一枚小白领。为了让贺嘉完成最初的存款任务，许年发动了所有亲戚朋友，把钱存到贺嘉那里，他自己，更不用说。

可是，三年后，贺嘉还没有给许年一个准话，许年也不敢太急切，只能等。没办法，他也相信一句话，对于爱情，谁先动心，满盘皆输。但是许年愿意等。可谁想到事情就偏那么寸呢？此刻，许年不仅看到了贺嘉，旁边，还有贺嘉几个同事，显然，他们也是来吃加班后的工作餐。

一行人，全都看着许年，示威一样。许年顿时觉得有嘴说不清了，看看窗外，又看看对面的小虞，手足无措起来。

小虞看出究竟，有些恶作剧地笑了。而就在许年无措、小虞嬉笑的时候，贺嘉带着同事掉头走了，解释的机会都不肯给许年。许年本能想追出去，小虞拉住了他："别追了，这点小事都能误会，以后怎么过日子？"

许年一愣，这话简单，倒是实在，不追也罢。

但许年终归心下不安，那天晚上，迟迟睡不着，12 点半的时候，还是给贺嘉发了条微信：她只是我新招聘的同事，加班后，一起吃了顿饭。

贺嘉竟很快回过来：当初，我也是你新招聘的同事，不加班时，你也请我吃饭。许年，别解释什么，我只是觉得，其实你和她，更般配。

许年忽然意识到，这是贺嘉提出的分手，尽管，他们从来没有确定过，在一起。

4

果然，之后，月底许年再去存款，贺嘉委婉拒绝了，理由很简单，半个月前，贺嘉已调到信贷部，不用再拉存款了。

离开营业厅，许年说不出的懊恼，回到公司，依旧面带愠怒。小虞中途回来取件，碰到许年，问："干吗一副后娘脸？"

许年扑哧乐了，小虞也是中文系的本科生，张口却只有东北姑娘的率直。但也只乐了一下，脸色绷回去，许年没吭声。

小虞就"哼"了一声："许大老板，如果还是那天晚上的事，那我告诉你，那妞压根不想跟你好，只是找到了借口罢了。

我虽然没有谈过恋爱，也知道爱情是你情我愿的事，你这样，有意思吗？"

扔下这些话后，小虞便走进仓库，开始哗啦哗啦朝外扔快件——这粗暴的工作方式倒是学得快，最后许年终于看不下去了，朝里面喊："姑娘，你慢点儿行吗？万一有贵重物品，摔坏了算谁的？"

"算我的。"小虞从仓库扯着嗓子朝外喊，"反正都要还债，不在乎多你这一份。"

许年就愣住了。

然后，许年知道了小虞这样拼命赚钱的原因，这个自小失去父亲、跟着母亲艰难长大的东北姑娘，大学是靠了打零工、助学金和助学贷款读完的，现在小虞只是想尽快赚到钱，把助学贷款还完，轻轻松松过以后的人生……

这样的生活，小虞轻描淡写，许年却沉默良久，然后："春节不回去，妈妈会想你的，要么，把她接来过年吧？公司可以提供吃住。还有……"许年忽然脸红了，"把头发留起来吧，你留长头发，好看。"

小虞不语，注视许年良久，笑起来。

爱情在岸上

美西知道，
小星一直在岸上，
爱情也一直在岸上，
而她，已落入水底。

1

第一日的会议，例行发言结束后，美西装腔作势地清清嗓子："补充一句啊，现在，小星是我的人了，诸位非礼勿视。"

大家哄堂大笑。

是沈阳某杂志社两年一度的笔会，作为资深作者，美西和每个编辑包括大部分参会的作者都已熟稔，故此，玩笑开得肆无忌惮。

这个短暂的会议也不过是形式，接下来便是游玩。类似笔会的惯例，女孩子都会找个男伴，在这几日鞍前马后。

美西不想免俗，反正都是玩。不过换了顽劣的男子，一定会附和上几句刁钻的话。但小星终归是羞涩的，虽默认，却倏地红了脸。

美西第一眼就相中了小星。两人乘坐的航班一南一北，却同时抵达。负责接机的小编介绍两人认识，小星张口便露怯："啊，您就是美西老师，好、好喜欢你的文章啊。"

无限崇拜的口吻。

美西打量小星，二十三四岁，白净，略瘦，清秀的五官，戴黑框的方形眼镜，蓝白条纹衬衫，卡其裤，板鞋，非常小清新，全天然无公害。

美西当即想，就是他了。

2

回市的途中，美西自小编口中知道小星是网络写手，初写不久，但小说已畅销，拥有众多青少年粉丝。最搞笑的，小星大学居然学的是考古。

从所学专业到性格，美西真觉得这男孩稀缺，现在的年轻人，多闹腾啊。小星却安静得如同穿越自另外的年代。只是，美西说："小星，别叫我老师好不？我会觉得我老了。"

小星又红了脸，低声道："我……我不是那个意思，您挺年轻的。真的真的。"

美西笑起来，她本来就挺年轻，但确是比小星年长三两岁，不过是写字早，所以已在这个圈子里混出了点似是而非的小名气，倒是完全没想到，还会被同行崇拜一下。

美西留意到，小星总会下意识偷偷看她，一副"竟然遇见你"的小激动。不由暗忖，这孩子，未经世呢。

未经世的小星却并不笨拙亦不惜力，主动跑前跑后，帮着陆续到来的作者拿行李、找房间，开口便叫人老师，很虔诚很谦卑。甚至错被一个前辈当成了宾馆服务生。

美西在一旁若即若离地看着这男孩，好感渐增。于是，才有了发言后那一出。只是，会后，美西一本正经地对小星说："你还是叫我姐吧。"

小星便点头："姐。"

美西应一声，想，游戏归游戏，也要讲规矩。

3

接下来的几日，小星尽职尽责，早上集合前，会自觉地等候在美西房间门外，接过美西的行李送至大巴车上，占好座位，将靠窗的位置留给美西。准备好各种零食。到达目的地再将美西行李送至房间，听候美西吩咐。

在所有景点担任摄影师的角色，并主动购买景区特色小礼品。

如此，到了第三日，小星手中便生生多出了一件行李来。

开始大家还叫小星的名字，后来索性唤他"美西那谁"。

美西意外的是，羞涩的小星却有他的大方，不管谁这样唤他，都脆生生地应着，很入戏的状态。但又丝毫不因此有任何不妥的举动，漫长的路途，并排坐着，美西若不开口，小星便乖巧地塞着耳机听歌。若美西想聊聊，小星便是有问有答。不冷落也不越界。美西记起两年前那次笔会自己的跟班，一个玉树临风的中年男子，将这场戏码演着演着便过了线，会借着一点酒试试探探地越界。所以，那次的戏码，演到一半美西便退场了。

美西贪玩，但底线清晰。

但这次不同，小星的进退合宜太让美西舒适。小星年轻，却同样周全，并且保持着绝对的尊重。一口一个姐，叫得亲密又真诚。却又会聪明地附和着美西，在一些场合制造暧昧的气场给众人看。

再到后来，美西就有了和小星的数张合照，有那么几张，小星那么暖暖地将手搭在美西肩上，美西微微将脑袋靠向小星肩膀。帮着拍照的小编说："郎才女貌。"

小星就看着美西大方地笑。

这便是小星，该羞涩时羞涩，该大方时大方——实在是太好的玩伴。

4

小意外是笔会结束前一晚发生的。在城郊的一处农家，美西被一所院里一片旺盛的菜地吸引，一时童心大发，溜进去拔了一只胖胖的青萝卜。

晚餐时，美西拿出随身携带的小军刀切萝卜，可是用力过大，刀子倏地切到了右手的食指上，锋利的刀刃深深切进去，一时血流如注。

一桌人都愣神的当空儿，小星已经一把捏住美西的伤口，拿起桌上干净的餐巾利落缠住，然后拉着美西走出酒店，拦下一辆出租车将美西和自己塞进去，对司机说："去最近的医院。"

坐在车上，血渗出白色的餐巾，小星不松不紧地用手指捏着，不吭声，眼睛里写满焦急和……心疼。

出租车很快抵达一家社区医院，清洗伤口的时候，药水的浓烈让美西疼得吸气。伤口比想象中深许多，包扎后还要输液消炎。

多少有些男孩子气的美西却从小害怕细细的针头，不巧夜班护士又是新手，扎了两次都扎偏了。美西的身体开始微微发抖，没想第三次护士又失手，好脾气的小星忽然就发了脾气。

看着手背鼓起的血包，美西没来由觉得很委屈，忽然就落下泪来。

正发脾气的小星住了口，坐下来，默默地伸出手，将美西拥在了怀里。

一直输液到很晚，美西觉得累，躺在病床上睡着了。醒来的时候，手指和手背的疼痛都淡了许多。转头，美西看到小星正坐在床边，手里捧着温热的牛奶和一小盒提拉米苏。

想想刚才的失态，美西有些不好意思，小声说："小星，谢谢你。"

小星笑，露出洁白整齐的牙齿："谢什么呢？我是你的人。"

美西扑哧一乐，又发现这男孩的另一种好——恰到好处的幽默。

5

笔会的结束仪式一如往常，俗气的大聚会，每个人之间的拥抱带着几分矫情却也不失真诚，美西最后一个才拥抱了小星。

短暂而清浅的拥抱中，美西很客观地对小星说："好好写，以后姐也做你的粉丝。"

小星贴近美西的耳朵："放心，我不会给你丢人的，我会记得，我是你的人。"

贴得那么近，小星柔软的呼吸，掠过美西的耳垂，痒痒的。

之后便是在机场的告别。

有些憎恨那把惹祸的小军刀，托运行李之前，美西把小刀取出来，递给相熟的小编。

小星在旁边看着，唇边浮起清浅的笑。

依然是同样的时间，美西和小星在空中一南一北，分道扬镳。

之后，杂志社小编整理了拍摄的照片依次发给每个人，美西看了看，把和小星的合影放到另外一个文件夹里。

并没有洗出来。

起初，偶尔会看一看，过了一段时间，便如同很多文件夹一样，搁置在一旁，不再打开。

也如同天下所有散伙的宴席，不论当时多么热闹，过后，也并没有人再刻意地延续一场笔会中萍水相逢的情感。尽管每个人也惯性地留了联系方式。

大家都太懂得游戏规则。包括美西，包括小星。

分开后，小星没有再用任何方式联系过美西。有时美西会在豆瓣或者新浪看看小星连载的小说，粉丝越来越多，开始出书和做电视剧。

依然是那副小清新的模样。

6

两年后。美西嫁了一个生意人，辞职过起了全职太太的安逸生活。

某天晚上，美西无意中在某卫视的一档访谈节目中看到了小星。当下热播的一部电视剧，小星正是原著和编剧。

依然是棉布衬衫、卡其裤的小清新模样，依然有些羞涩和腼腆。当主持人问及记忆中最美好的事情时，这男生低头沉吟片刻，抬起头来轻声说："曾经，我喜欢的一个女子对很多人说，我是她的人。"说完，他呵呵地笑，"当时只感觉幸福得快要晕过去了。"

主持人讶异，问："后来呢？"

"后来……"小星羞涩地笑，"我没有成为最幸运的那一个。不过，我还是谢谢她，给了我一辈子不能忘怀的幸福记忆。"

此时，美西的老公坐过来，拥住美西的肩，笑说："看，你们这些文艺青年就是这么文艺范儿。"

美西笑笑："我不是文艺青年了，现在，我是商人妇。"又补充几个字："我上岸了。"

是，那次笔会后，美西慢慢放弃了写字——纸媒的好时代已经过去，很多曾经受欢迎的杂志都走向没落。美西自知自己的文字其实已经和这个日新月异的时代脱节，所以，美西选择了"上岸"。

现今，隔着电视屏幕，好似隔着两个世界。然后在节目快要结束的时候，美西忽然看到小星的手中，正在轻轻把玩一把宝蓝色的小军刀。

正是当初切伤了美西手指的那把。

美西轻轻地笑起来，笑着笑着，眼泪就慢慢流了一脸——美西知道，小星一直在岸上，爱情也一直在岸上，而她，已落入水底。

打打酱油，谈谈恋爱

一切的起因，
不过是小练爱上了江浩，
这个爱情感觉迟钝的家伙。

1

看载着老爸老妈的列车缓缓离开，江浩回转身来，松了一口气。却听到身旁的小练问："这链子，我是要还你的吧?"

江浩回头，看小练一边把玩颈间的铂金链子，一边煞有介事地看着他。

江浩笑起来，不假思索地答道："不用，算你的出场费了。"

小练放下手："那我可收下了，怎么样? 演得不错吧。"

江浩点头："不错。当初你不学表演真有点儿可惜了。"

小练也笑起来。

江浩忽然觉得，小练的笑有点儿狡黠。

2

那天，江浩只是被老妈话赶话逼到那儿了，才随口撒了谎："妈，别唠叨了，我有女朋友了，正谈着呢。"

但江浩万万没想到，撒谎的结果会如此严重，两天后，江浩接到老妈的电话，已经和老爸坐上了开往南京的火车，一定要来见见江浩的女朋友。

江浩这才意识到事态的严重，想到坦白的后果，硬是没有勇气拨个电话过去把真相说出来，可是不坦白又如何？毫无办法蒙混过关……一个上午，江浩心神不宁，内线电话都接错。坐在对面的小练诧异地探过头，"江浩，你没事吧？"

"我……"江浩看着电脑屏幕那端小练那张俊秀的脸容，一时有些愣神。

小练笑起来："看你一头汗。"说着递过来纸巾盒。

江浩抽出两张纸巾，擦一下额头，果然出汗了。

小练还在好奇追问："到底怎么了？"

江浩迟疑着不知如何开口，毕竟是私事，又不光彩。但他的欲言又止却引得小练更加好奇，眨眨大眼睛："说出来，没准可以帮到你。"

江浩只得压低声音吞吞吐吐地说了。说到一半，小练已经听明白，哈哈笑起来，惹得同事都朝这边看过来。

江浩赶紧朝小练摆手，示意她低声些。

小练只管自顾自地笑过后，将身体朝江浩探得更近一些："这有何难？我来客串你的女朋友。"

江浩一愣，又听小练说："请我三顿饭！不，五顿。"

江浩不由笑起来，吃饭算什么，只要解了眼前的难题。只是，可行吗？这两年，也知道有类似"租女朋友回家过年"的事情，但江浩总觉得不太靠谱。可是眼下，好像也没别的办法了。

小练倒是胸有成竹："包我身上了。"

3

江浩没想到小练会应付得那么好，爸妈一下车，小练便迎上去，叔叔阿姨叫得甜蜜蜜，一口一个"阿浩如何如何"，听得江浩一愣一愣的。

显然，爸妈对这个客串的准儿媳完全满意，江浩看到老妈拉着小练的手，完全都笑成了一朵花。当即拿出礼物来，一条细细的铂金链子，缀着一个星星状的小吊坠，亲手给小练戴在颈间。

也是，24 岁的小练有张天生讨喜的小脸和乖巧的嘴巴，自来熟的性格也容易让人亲近。半年前来公司，很快就和全公司的人混熟。平常喊江浩的名字，有事相求，就嘟着嘴巴叫"浩哥"，让江浩屡屡无法拒绝。

也只限如此，江浩对小练，和对其他异性同事并无任何不同。但此刻，江浩不得不感激小练的"雪中送炭"。也亏得小练，周全到只用两个小时时间，就 PS 出了几张和江浩的合影，打印出来即刻贴在江浩住处的墙壁上。很像那么回事。其他细节，如洗手间里的化妆品和门口的拖鞋，小练也一一想到。用小练的话说，虽然只是"出来打酱油的"，但比较专业。

爸妈全然没有看出任何破绽，一周后，心满意足地打道回府，离开前不断叮嘱江浩，尽早和小练把婚事办了。

江浩毕恭毕敬地点头应着，不无心虚。偷眼看，小练在一旁做鬼脸，偷偷笑。

江浩还是觉得，小练笑得有些狡黠。

4

江浩就这么渡过了"难关"，小练连后路都替江浩想好，过个三两个月，跟老爸老妈通告一声"分手"，这个谎，也就算圆了。但这期间，还是偶尔需要小练在电话里客串一下江浩女友的角色。

所以那几顿饭，江浩请得很主动。

小练吃得也不客气，那日，小练对江浩说想吃自助烧烤。

江浩好脾气地应允，算了算，是欠小练的最后一顿饭了，而爸妈离开也已经快三个月。这场客串的游戏，即将收场。

小练把牛排烤得滋滋拉拉，一张小脸散发着一个吃货的光芒。江浩笑起来。

小练不解："笑什么？"

江浩摇头，不想实话实说。小练也不追问，忽然问："你干吗不找个女朋友呢？你都28了，也难怪家里催你。"

没想到小练会冒出这样的话，着实把江浩噎了一下。

没错，江浩已经28岁，从大学毕业到现在，被父母逼婚数年。其实也不是找个女朋友有多难，江浩相貌不错、家境不错、工作也不错，自己有房有车，这些年，身边也不乏年轻女子客串过女朋友的角色，不过是为了驱逐身体的寂寞，但一直没有谁让江浩真正动心，动心到想要恋爱结婚。

江浩并不急,28岁的单身男子比比皆是，并且男人不比女人，只要不过40岁，都还算抢手货。江浩想再等一等，等到想要的那个人。只是这些道理，在爸妈那里说不通。不过，让小练理解应该不难。所以，面对小练的询问，江浩索性实话实说。

"哦。"小练淡淡应了一声，又问，"那你到底对什么样的女孩有感觉呢？"

江浩愣了一下，什么样的呢？依稀想过，该是那种长发飘飘、温润安静的。而身边的女孩子，她们好像都太闹腾。

比如小练。

但这个答案，说出来未免矫情，所以江浩不语。

"看，你自己都不知道。"小练啃一口牛排，嘟哝，"说白了，男人就是自私，不想承担婚姻的责任罢了。"一副看穿男人的口吻。

小练吃得嘴唇油汪汪，还有一小粒肉粒沾在左边的唇角，小孩子一般贪婪，却又说着这么有"城府"的话，江浩不由笑起来，拿了纸巾欲去擦小练的唇角，却忽然听得一声断喝："放手。"

5

江浩被这个愤怒的男声吓一跳，缩回手来抬头看，发现不知何时，小小卡座旁站立着一个高大健壮的青年。二十五六岁的样子，有张英俊而时尚的脸。只是这张好看的脸此刻满是怒气，直至瞪着江浩。

江浩不明所以，直到小练站起来同样怒喝："干吗你？还有完没完了？我们已经分手了。"

"为他？"青年直指江浩，"他哪里比我好？"

"他哪儿哪儿都比你好。"小练毫不示弱，噌地跳到凳子上，"李佳明，你有点儿出息像个男人好不好？分手就分手了，纠缠不休算什么……"

江浩明白过来，这个叫李佳明的男孩，应该是小练的前男友，眼下，他被李佳明误解了。江浩赶紧解释："这位先生，你弄错了，我和小练只是同事。"

说着伸手把小练拉下凳子："有话好好说。"

李佳明转身朝向江浩："你也像个男人好不好？抢就抢了，别敢做不敢当……"完全不听江浩的解释，一味蛮不讲理，"你凭什么抢了小练，你半点儿都不如我……"句句逼迫，终于把江浩激怒，用力一拍桌子："我抢了小练怎么了？有本事你把她抢回去！"

李佳明瞬间握起了拳头，江浩一把就将小练挡在了身后。

剑拔弩张之时，服务生赶过来拉开了两人，

被拉到一旁的李佳明，眼神由愤怒转为悲伤，定定地注视两人良久，从牙缝里挤出一句："如果你敢对小练不好，我跟你拼命"，悲壮地离去。

江浩愕然。小练却只翻个白眼，坐回去继续烤肉。竟然还吃得下去。

江浩盯着小练，为刚才的一幕生着闷气。却又不知道该气谁，小练好像没什么错——和一个男子分手而已。李佳明好像也没什么错——误解了女友分手的原因伤心而已。可是自己又有什么错？莫名其妙地陷到这场三角恋的争风吃醋中。正百思不得其解，忽听小练笑说："没看出来，你还挺有担当的，刚才，你是不是怕他伤到我？"

江浩一愣，刚才？是，刚才他几乎不假思索地挡在了小练的前面。是怕小练受到伤害吗？或者只是一个男人对一个女子本能的保护。

"他还说，以后你要对我不好，他跟你拼命。"小练慢悠悠地重复李佳明的话。

"你可以跟他解释清楚。"说完了，江浩才觉得自己的声音很低，没有底气的那种低。

"他不会相信的，他很固执，这就是我们分手的原因。"小练依旧慢悠悠的口吻，"所以，现在，江浩，换成你要陪我演一段戏。不然，他会没完没了地来找你的麻烦，他可是跆拳道教练，你打不过他的。"

江浩愣怔，他倒不怕李佳明跆拳道教练的身份，男人嘛，打输了也不算什么，只是，如果李佳明真的纠缠不休，还是有些麻烦的。

"没关系，演一段就好，然后，过一段我不要你了，就像你对你爸妈说得那样。"小练说，"但是这一段时间，你要对我很好很好。"

说着，小练笑起来。

江浩觉得，小练真的笑得有些狡黠。

后记：

两个月后，直到江浩假戏真做地爱上了小练，他一直都不知道，李佳明只是小练的发小，他于小练，一如小练最初于他，都是"出来打酱油的"，客串罢了。而这一切的起因，不过是小练爱上了江浩，这个爱情感觉迟钝的家伙。

幸福纯属原创，如有雷同不胜荣幸

他们的自食其力，
他们的开心热闹，
他们的舍得放下和追逐自由，
都那么好。

离春节还有那么一小截子时间，那天早上，上班途中，经过第一个路口时，一打眼，便看到"狗蛋比萨"毫无悬念地贴出了放假通告。

通告很简单：本小店年假模式开启，年后初七上班，各位亲我们不见不散。

法定假日都是七天，提前半个月放假的，也就是"不重钱财重玩乐"的狗蛋们了。这三个青年，简直放假上瘾啊：每个周末要关门一天，清明、端午、中秋甚至夏至冬至都要休假……五一、十一，全国人民小长假，人家是大长假，没有十天半个月根本不见人影，还理直气壮："年轻嘛，走得远，时间短赶不回来。"

这样开店，真是令我等食客佩服得五体投地。

狗蛋比萨在我家到单位的第一个转角处，记得当时看到此处曾经生意寡淡的一家果蔬店，突然之间成为比萨店，有点乐——我对比萨有偏好，附近没有什么像样的比萨店，最近的必胜客在两公里开外，对我这样一个宅人来说，比萨瘾上来，只能要外卖。

坦白说，外卖虽然也有速度，但总感觉不如当时吃来得可口。

所以，"狗蛋比萨"的横空出世，对我来说是个好事。

并且，不知为什么，初次路过时，透过干净的玻璃橱窗扫了那么一眼，便觉得这家小店靠谱——别问为什么，每个吃货都有一颗对食物敏感的心。

果然，"狗蛋"没有辜负我。在开业的当天下午，我买回的第一份最基础的牛肉比萨，一口下去，心里便竖起一个稳稳地赞。

那之后成为常客。

再之后自然而然，成了会员。

常客和店主自然是熟悉的，那是一个白桦树般挺拔的帅小伙，二十三四岁的样子，嘴巴甜甜蜜蜜，开口闭口姐，跟亲姐一般。

帅小伙便是狗蛋了，他说这个可爱到不行的名字，便是他的乳名。

除了狗蛋，小店其他两个店员也都是小男生，一个比一个帅，名为狗蛋小二，狗蛋小三。

三个狗蛋是大学同学，学的竟然是经济。做比萨，纯属自学成才。

不过后来狗蛋同学坦白，除了自学，开店前，还是扎扎实实进了专业学校学了一阵子的。

我深觉英雄不问出处，比萨好吃才是王道。附近写字楼众多，三个男生的生意真不错。有时路过小店，总会看到三个身穿红色上衣、头戴白色厨师帽的帅哥穿梭在小店里，马不停蹄又笑靥如花。

很养眼的样子。

并且，狗蛋们做的比萨不仅味道很说得过去，品种完胜必胜客。狗蛋同学隔两天就来个创新，层出不穷的新品种，那色泽，那内容，直接闪瞎你的眼：榴莲比萨、红薯比萨、魔芋比萨、薯条比萨、杨桃比萨……

只有你想不到，没有他们做不到。而作为有点文青情结的吃货，除了经不住美味的诱惑，狗蛋同学的朋友圈也是我的心头好，一天会被戳中好几次笑点。

比如，他会把顾客要求送外卖到必胜客的对话截图。

如下：

狗蛋接单后谦虚道：哥，这样不好吧？

顾客：哥就是这么任性，就想坐在必胜客吃狗蛋比萨。

狗蛋流汗道：厉害了我的哥……

这么多年，朝九晚五的日子里，见识做小吃生意的多了去了，谁没有十几、几十家快餐店的会员卡，但像狗蛋比萨这般做生意的，绝无仅有。

怎么都觉得他们不是在做比萨，而是在做娱乐，如狗蛋同学朋友圈里所说：小店出售欢乐，赠品比萨。

经济系毕业的狗蛋们当然计算得出来得失，但依然我行我素，不仅节假日随时挂出免战牌来，还经常有各种意外情况发生。

比如，某一天开门晚了，启事便写"睡过头了，抱歉"，某一天关门早了，便写"去看电影，谅解"，假期还不忘自作多情地告知"不要想我们，很快就回来"……

让路过的人都会驻足一笑。

记得前不久十一长假后，终于等到狗蛋比萨开始营业，要了份久违的红薯比萨，边吃边问狗蛋："你们去哪儿了？"

"西藏。"狗蛋说，"跟女朋友去的。"

"西藏。"狗蛋小二说，"我跟他去的。"说完指指狗蛋小三，又补充，"西藏太大了，我们跟狗蛋没碰到。"

又笑翻一次。

"赚的钱又花完了吧？"我就那么现实啊，"没见你们这么败家的。"

"赚钱不就是花的？天天赚，连花钱的空儿都没有，还赚干吗？"狗蛋保持一贯的理直气壮，将这浅显道理说得家常又实在。

另外俩男生随声附和。

竟然一下子想起"志同道合"这个词。然后，吃着甜蜜蜜的比萨，心里就无端地对这三个会赚钱又从没有被金钱捆绑住的年轻人，忍无可忍地羡慕起来。

讲真，我的人生经历比他们漫长得多，但，对于生活，并没有他们看得这般透彻。

因为简单而透彻。

他们的自食其力，他们的开心热闹，他们的舍得放下和追逐自由，都那么好。就如曾经某一天，他们贴在窗上的话：此处幸福纯属原创，如有雷同，不胜荣幸。

好看的爱情

他们的爱情，
在人生的风雨和人心的多变中摔打了那么多年，
却依然那么好看，

1

高中时，对隔壁高年级一个男生有很深印象。

那是个瘦高的少年，非常文气，不是书卷气，就是那种文文静静的气质。眉目清朗如人间三月天。

他大多时候独自一人。偶尔，也和几个顽劣的男生一起出入。他在他们中间，犹如一棵水杉球长在一蓬荆棘中。每每看见他，我觉得全世界好像都在安静下来。

那时候常常想，要一个怎样清秀温婉的女孩子，才能配上他呢？

他早我们一年毕业，就在他离开的时候，我听说我们班那个家境极其优越的姑娘在追他。

却被他拒绝了。然后听说，他有女友。青梅竹马。

那时我觉得，青梅竹马必是传说。也许，他只是不喜欢那个女生罢了。

一晃，五年后。

我读完大学，又在外面待了一年，还是回到了家乡小城，聘到一家外贸公司做财务。

财务部四个人，其中一个女孩和我年龄相仿，清秀又温婉。

不知怎么，看到她第一眼，我忽然想起忘记很久的他，那个我只知道名字从未有过交集的文气男生。

莫名其妙地想起他来。

觉得他俩，好像啊，一模一样的静气。

和她慢慢微熟。这样的女孩，不可能熟到怎样的程度。她太安静，也温婉和气。而她只大我半岁，却已经是一个一岁孩子的妈妈。

又不知怎么，尽管她没有说过，但我觉得她爱情美满。觉得，她岁月静好。

2

那个暮春的午后，下起暴雨，一直不停。下班时有人轻轻敲门，她笑着去打开。

于是，我便愕然看到门边，那个记忆中文气的少年，唯一的不同，是他的眉宇间多了少少的成熟。真的只是少少的，此时，他不过24岁，面容依旧清秀如少年。

原来是他。

原来是她。

原来，所谓青梅竹马，是真的。他们实在，般配得不像话。

她的岁月静好，原来，并不只是我的想象。

而那个时候的我，刚刚经历了一场兵荒马乱的爱情。残局中，有些心灰意冷。可是他们俩，让我的心忽然明朗起来——我虽不可得，但这世上，还是有这么好看的爱情在啊。不是华丽的、动人的、震撼的、轰轰烈烈的……就是好看。

他们的爱情，真的又简洁又好看。好看得……终于让上天嫉妒了一下！就在他们那个可爱的小女儿一岁半时，查出先天性心脏病。且肝脏也有严重问题。

3

事情发生后，她没有哭哭啼啼，只是一夜间瘦下来，瘦得厉害，整个人都是苍白的。那段日子，她和他带着孩子跑遍了北京上海的大医院。

然别无良方，孩子的手术势在必行。

那年秋天，他们带着孩子去了北京阜外医院，寻求一线生机。

三个小时的手术后，噩耗传来，孩子幼小脆弱的身体，终究没能坚持到手术结束。

孩子出事后，她一个多月没有来上班，我几乎不能想象她如何面对失去爱女的疼痛。直到那一天下午，路过她家附近的小公园，在公园围墙外，我看到了他。

他更加清瘦。一个人，拿着一个布娃娃坐在路边的马路牙子上，眼神痴痴的，丝毫没有留意到我在他面前站了许久。

后来他哭了，眼泪无声地大颗大颗落在布娃娃干净的面容，很快润湿一大片。

我默默离开了，那一刻我才知道。面对丧女之痛，最艰难的，是他。他要在家中承载她的眼泪和悲苦，而自己的悲苦只能背着她。更多时候，他只能隐忍。

他是她不幸人生中蕴藏的极大的幸运，他如此爱她，安静而执着。

4

我是在那年冬天离开小城的，我还是不够安分，也收拾完了情感的残局，开始想念外面世界的繁华。

在我走后不久，出口大环境逐渐恶劣，公司效益迅速下滑，撑了大半年，宣告破产了。当年的同事各自散去，另谋出路，听说她去了一家银行。

后来，我便不再有他们的消息。

又几年后，我在家乡小城为父母在一个环境宜人的小区购买了新房。搬过去的第二年春节过后，大年初二，午后，和母亲一起下楼散步，意外遇到她。

还有他。

他们在一起，一左一右牵着一对小儿女。

孩子四五岁的样子，眉眼，有她的清秀和他的文气。而她的清秀和他的文气，并没有被光阴磨损掉分毫。

竟然。

而他们，就住在我家前面那栋楼。

有重逢的惊喜吧，只在眼神中流露了些许，然后，我们站在那里笑着简单聊了几句。谁都没有提及过往，都是懂得克制的成年人了。

在他们牵着孩子离开后，我妈说，这对年轻人真好，又好看又懂礼又恩爱。男的不抽烟不喝酒，很少在外面应酬。女的也不大声说话，不说人是非。孩子也好，天真有礼貌。

是的，他们又好看又恩爱，我一直都知道。

原来大家都知道。

5

2016 年初秋，我休假回家。

有一晚，去小区外通往北环的幽静小路跑步，再一次遇到他们，在路的对面。

他们在走路，穿一套蓝色情侣运动衫，并肩而行，低声细语。并没有看到我。

倒是我，隔着窄窄的路，在灯光下看着他们。

过了这么多年，他依旧文气，她也自然清秀，面容也都有了光阴的痕迹，却依然有着多年前我初见时的清澈眼神。

他们，和他们的爱情，在人生的风雨和人心的多变中摔打了那么多年，却依然那么好看，好看得，令我在和他们默默错身而过后，忍不住地再一次回了头！

亲情盛宴

QINQING
SHENGYAN

一壶绿茶、两份茶点，
陪同母亲静静坐下来，
观望几米之外的小舞台。

舍　得

—— 她人生最后的盛大场面，
是用她一生的舍得之心无意为自己赢得的。

父亲去世十年后，在若梅的"软硬兼施"下，母亲终于同意跟着她来了郑州。

若梅是母亲最小的女儿，这一年，母亲70岁，若梅40岁。

70岁的母亲，依旧瘦瘦的，原本只有一米五的身高，被岁月又缩减了几厘米，看起来更加瘦小。面容却仍然光洁，不见太多沧桑的痕迹，头发亦未全白，些许黑发倔强生长。

若梅和先生借了一辆车回去接母亲。

母亲早把居住了几十年的老屋收拾妥当，整理好了自己的行李。那些行李中，除了衣物，还有两袋面。是母亲专门用家里的麦子磨的。那种面，母亲说有麦香。

但那天，那两袋面，若梅却决定不带了。车的后备箱太小，要带的东西又太多。

母亲却坚持要若梅把面带着，"一定要带！"母亲说。

若梅就愣了一下，然后看着母亲，忽然明白了什么，便示意先生把面搬到里屋。然后，若梅伸手再试探着去摸面袋子。果然，底部，软软的面里，若梅摸到一小团硬硬的东西。

是一些钱。

把钱放在粮食里，是若梅母亲很多年的秘密。

十几年前，若梅刚刚结婚，和先生在郑州租了间很小房子住，正是人生起步，最艰难的时候。但那时，若梅最想要的却不是房子，不是一份更有前途的工作，而是一个像样的衣柜。

也就是那一年冬天，老家有人来城里办事，若梅母亲托人给他们捎来小半袋小米。来人走后，先生将小米倒入米桶时，发现了里面竟然藏着五百块钱。里面还有一个小字条，是若梅父亲的笔迹：给梅儿买个衣柜。

当年若梅出嫁时，母亲配送的嫁妆中，其实已有买衣柜的钱。当时刚好先生想读研，便把钱用来买了复习资料。

没想到母亲知道后，又把钱补了过来。

那天晚上，拿着十元一张厚厚的一叠钱，若梅哭了。

那些年，母亲就是一次次把节省下来的钱放在粮食里，让人带给若梅。而那些钱，母亲是如何在那几亩田里赚来的，若梅不得而知。那是若梅心里一个永远的谜。

这一次，即使有母亲同行，却还是将钱放到了面袋里，在母亲看来，那才是最安全的。

面带回来后，若梅把钱取出来交还母亲，整整两千元。母亲却不要，认真地说："这是我给童童买车子的。"

童童是若梅的儿子，已经读到高中，那段时间一直想要辆赛车，因为贵，若梅没有答应。暑假童童回老家，许是说给外祖母听了，她便记住了。两千块钱，是母亲几亩地里一年的收成吧，若梅和先生都不舍得花这么多钱给孩子买辆车子，但母亲，却舍得——若梅记忆中，母亲一直是个舍得的人，对孩子，对亲戚，对左邻右舍，爱舍得付出，东西舍得给，钱舍得借，力气也舍得花。有时若梅都无法想象，母亲一个瘦小的农村妇人，为什么会这样舍得。

母亲住下来，每天早上早早起来做早饭，小米粥、小包子、鸡蛋饼……变着花样。中午下班，若梅再也不用急急赶回买菜，所有家务母亲全部包揽。阳台上还养了两盆绿莹莹的蒜苗。

家，自母亲来后，有了说不出的安逸。

母亲带来的两袋面，一袋倒入桶里，另外一袋放到了阳台上。过了几天，若梅却看到原本在阳台地板上的面，被移到了高处的平台上晾晒。先生是个粗心的人，应该不会是他放的，若梅疑惑地问母亲，母亲说："哦，我放上去的，晒晒，别坏了。"

若梅一下就跟母亲急了，那平台，一米多高，那袋面六七十斤，身高不足一米五、体重不足九十斤的母亲，竟然自己把它搬了上去。若梅冲她大喊："你怎么弄上去的？那么沉，闪着腰怎么办？砸着你怎么办？出点什么事怎么办……"

一连串地凶着，母亲却只是笑，围着围裙站在那里，等若梅发完脾气才小声说："这不没事吗？"

"有事就晚了。"若梅还是后怕，更多的是心疼。直到母亲保证，以后不再干任何重活，若梅才慢慢消了气。

后来很多次，若梅心平气和地问母亲，她到底怎样把那么重的面搬到了那么高的地方，母亲的回答都一样："就是搬上去的。"后来说，是踩了凳子。

为了验证，若梅让先生把面搬下来自己尝试了一次，没有做成。为此，母亲到底怎样做到的，无果。这成为母亲留给若梅的又一个谜。

母亲来后不久，有天对若梅先生说："星期天你喊喊以前的同学来家吃饭吧，我都来了大半个月了，没见他们呢。"

若梅先生是在郑州读的大学，本市同学很多，关系也都不错，起初也会在家庭之间往来，但现在，大家早已都习惯了在饭店聚。城市生活就是这样繁华而淡漠，不是非常亲近，一般不会在家里待客的。

若梅便替先生解释："妈，他们经常在外面聚呢。"

母亲摇头："外面哪有家里好，外面饭菜贵不说，也不卫生。再说了，哪能不来家呢？来家才显得亲。"然后态度坚决地让先生周末把同学带家里来聚一聚。

拗不过她，若梅答应了。先生便给几个是老乡的同学打了电话。

周末一整天，母亲都在厨房忙碌。下午，先生的同学陆续过来，象征性地提了些礼品。若梅将母亲做好的饭菜一一端出，没想到几个事业有成、几乎天天在饭店应酬的男人，立刻被几盘小菜和几样面食小点吸引了。其中一个男人，忍不住伸手拈起一支菜饺，喃喃说："我小时候最爱吃母亲做的菜饺，很多年没吃过了。"母亲便把整盘菜饺端到他面前，"喜欢就多吃，以后常来家里吃，我给你们做。"

男人点着头，眼圈就红了，若梅记起来，他的母亲已经去世多年。他也已经很多年不回家乡。

那天晚上，大家酒喝得少，饭却吃得足，话也说得多。内容也不像平日在饭店时说的生意场单位或者社会上的事。很少聊起的家事，被慢慢提起来，说到家乡，说到父母……所有人，竟是久违的亲近。

那以后，若梅家里空前热闹起来。母亲说这样才好，人活在世上，总要相互亲近的。

然后就在母亲住下来的两个月后，一个周末的下午，若梅听到有人敲门，打开门，竟是对面的邻居，一个比若梅小几岁的女子。她端着一盆洗干净的大樱桃，有点不好意思，说："送

158

给大娘尝尝。"

若梅诧异不已,当初搬过来时,因为装修走线的问题,两家闹了点矛盾,原本就不熟络,这样一来,关系便冷下来,三年多没有任何往来。门前的楼道,都是各扫各的那一小块。冷不丁她来送刚刚上市的新鲜樱桃,若梅竟不知该说什么好。

女子的脸就那样红着,有点语无伦次:"大娘做的麻花,孩子可爱吃呢⋯⋯"

若梅恍然,原来,是母亲。

母亲并不知道两家有过节,但若梅知道,即便母亲知情,她还是会那么做,因为在母亲看来,远亲不如近邻是真理呢。所以母亲先敲了人家的门,给人家送麻花,送自己包的粽子,还送自己种的新鲜小蒜苗⋯⋯诚恳地帮若梅打开了邻居家的门。

后来,若梅和那女子成了朋友,对面的孩子,也经常来若梅家,奶奶长奶奶短地跟在若梅母亲身后,犹如一家人般。

邻居,却并不止对门,前后左右,一个小区住的许多人,母亲都照应着,常常在小区的花园和先生同事的父母一起坐会儿,也帮他们照顾孩子。物质的往来,也仅限于一点自制的点心,像在农村时那样⋯⋯

有一次,若梅一个同事的孩子患了白血病,母亲要若梅送些钱过去。其实是来往并不亲密的同事,所以若梅只想象征性表示一下,母亲却坚决不答应,说:"人这辈子,谁都可能会碰上难事，你舍得帮人家，等你有事了，人家才会舍得帮你。这对人家是天大的难事，碰上了，能帮的，就得帮。"

若梅听了母亲的。

也在母亲过来半年后，若梅的先生意外升职，推荐票上，他的票数明显占了优势。先生回来笑着跟若梅说："是妈的功劳呢。我这票，是妈给拉来的。"

若梅才发现，自己和先生的人际关系竟然空前好起来，那种好，明显地少了客套多了真诚。一个字都不识的母亲，只是因为舍得，竟不动声色地为他们赢得了那么多。是他们曾经一直想要赢来却一直做不到的。

若梅再想母亲说过的话："你舍得对人家好，人家才会舍得对你好。"于母亲，这是一个农村妇人最朴实本真的话。于若梅，却是一个太过深刻的道理。

温煦的日子，若梅想带母亲到处走走，母亲老了，没怎么出过门。可因为天生晕车，坐次车如生场大病，然而，母亲并不拒绝出门。于是那个周末，若梅决定骑车带母亲去动物园。母亲说还没有见过大象呢。

动物园离若梅家不远，三四站路的样子。

若梅推出车子，小心将母亲抱到前面的车座横梁上，一只胳膊刚好揽住她——坐后座，若梅不放心。

抱起母亲的时候，若梅的心蓦地一疼，母亲竟然那么轻，蜷在若梅身前，像个孩子。

若梅就那样带着母亲离开了家。

途中经过两个路口，其中花园路和农业路交叉口，是个大路口，车水马龙。靠近斑马线时，是红灯，若梅轻轻下车，还未站稳，却有一个年轻的交警从人流中走过来，走到若梅跟前说："现在骑车不许带人您不知道吗？还在前面带，一点都不注意。"

说着，低头便开罚单。

若梅感到母亲的身体轻轻颤了一下，然后握着若梅的胳膊便要下来。若梅赶忙扶稳母亲，跟那个年轻的警察说了声对不起，解释道："我妈晕车，年纪大了，走路也不方便，我想带她去动物园看看，不是诚心的……"

交警停下手中的书写，猛然抬起头，就那么愣了一下，这才看到若梅带的是一个老人。还没等他说什么，母亲已经开口责备若梅："你怎么不告诉我城里骑车不让带人呢。"然后坚持要下来。

若梅正为难，年轻的交警却伸手一把挽住了母亲："大娘，对不起，是我没有看清楚，城里只是不让骑车带孩子，您坐好了。"

然后，他忽然抬起手，跟若梅认认真真敬了个礼。

再然后，交警转身让前面的人给若梅腾出了通行的路，打着手势，阻止了两端车辆的前行，招手示意若梅过路。

若梅又惊讶又感动，带着母亲，缓缓地穿过那个宽阔的路口，四面，车辆静止行人停步，只有若梅带着母亲在众人的目光里骄傲前行。

那是若梅有生以来第一次受到如此这般的礼遇。因为母亲，因为舍得给予她一次小小的爱，一个萍水相逢的年轻交警，竟为此破例，给了她这样崇高的礼遇。

若梅知道，这礼遇，是母亲所赐。

母亲是在跟着若梅第三年时查出肺癌的。那年，母亲刚好73岁，农村的老话里说，是人命里的旬头。

检查结果出来以后，若梅先生的一个医生朋友诚恳地说："如果为老人好，不要做手术了。听天命尽人事吧。"

是一个医生不该对患者家属说的话，却是真心话。

若梅和先生商议过后，决定听从医生的安排，把母亲带回了家。又决定不向母亲隐瞒，对她讲了实情。

母亲很平静地听若梅说完，点头道："这就对了。"

然后，母亲提出要回老家。

母亲在世的最后一段时间，若梅一直陪在她身边。药物只是用来止疼，抵挡不了病菌的肆虐。母亲的身体飞快憔悴下去，已经不能站立。天好的时候，若梅会抱母亲出来，小心放在躺椅上，陪着她晒晒阳光。

母亲渐渐吃不下饭去，喝口水都会吐出来，却从来没有流露过任何痛苦的神情，那些许黑发依旧倔强地蓬勃着，面容消瘦却光洁，只要醒着，便是微微的笑容。

一个黄昏，母亲对若梅说："你爸他想我了。"

"妈，可是我舍不得。"若梅握着母亲的手，握在掌心里，想握牢，又不敢用力，只能轻轻地。

"梅儿，这次，你得舍得。"母亲笑起来，轻轻将手抽回，拍着若梅的手。

若梅说不出话来，感觉一颗心就那么疼啊疼得碎掉了。

母亲走的那天，送葬的队伍浩浩荡荡，从村头排到村尾，除了亲戚，还有若梅和先生的同学、朋友、同事，小区前后左右的邻居们……很多很多人，大人，孩子。

是农村罕见的大场面。

队伍缓缓穿行，出了村，若梅依稀听见围观的路人中有人低声议论，是个当官的还是孩子在外面当大官的……

若梅抬起头来看向蓝天，不语——母亲这一生，育有一子三女，都是最普通的老百姓，不官不商，母亲本人，更是平凡如草芥，未见过大的世面，去的最远的地方，是离家乡二百公里外的郑州。母亲亦没有读过书，没有受过任何正规教育，她只是有一颗舍得爱人的心。她人生最后的盛大场面，便是用她一生的舍得之心无意为自己赢得的。

你是一颗糖，融化我悲伤

孩子是我们的甜美，
也是我们的悲伤。
是我们的骨肉，
我们的心。

1

那是我休假回家的第二天中午，小嫂把他带过来。

我有些吃惊，上次见他是五一，不过隔了三个月，他高了许多，瘦了一小圈。神情，像大孩子了。

忽然不再是我记忆里那个牢牢驻扎的幼稚到可笑的小胖子了。

我蹲下来，我拉他手臂："叫姑姑。"

他看着我，不吭声，轻轻地慢慢地退到小嫂腿后面藏起来。而不是嗖地一下。过一小会儿他探出头再看看我。

这时母亲伸手去牵他。他依旧不吭声，顺从地把手递过去，跟母亲去了卧室。屋里很快传出一老一少的对话。

母亲问："她是谁？"

他利落地说："姑姑。"又说，"姑姑买新衣服，买好吃的，买小火车……"

我笑起来，想起来上次见他，话还不成句。

几分钟后，小嫂去上班，过去跟他说了一声。他坐在床上跟母亲翻一沓旧照片，头也不抬流畅地说："妈妈上班赚钱买玩具……"显然是每天和妈妈的告别语。

我靠在门边，看着他和母亲。母亲拿起一张大抵拍摄于二十年前的全家福，指着我们依次询问他："这是谁？这呢？"

他都答对了，他认得我们每一个人。包括他从未谋面的已辞世的父亲。

竟然。竟然！

2

照片翻够了，他从床上滑下来，光着脚满屋子跑。

他开始拉所有抽屉，把里面物品一件件丢在地上，直到把抽屉清空，挨着瞅一瞅，心满意足的样子。

我不动声色看着他忙碌。后来他把一只空的抽屉关上，抬起头看了我一眼，说道："姑姑，看熊。"没有任何过程，一下子回到上次见面时的熟稔，好像中间我没有离开过，好像这句话，他每天都对我说。

我伸手牵过他，打开电视，在一个儿童频道给他找到正在奔跑的熊大和熊二。他有生的两年半，一直在看这部动画片。不厌其烦。

他看得很专注，靠在沙发靠背上，一条腿叠着另一条，目不转睛。我拿起手机拍他这种神情，他瞥了我一眼，在我举起手机时忽然微笑抬手做一个剪刀手，在一瞬间。然后他放下手，收起笑容，又开始目不转睛地看电视。

看着手机屏幕上他刻意的表情，我啼笑皆非。显然，他习惯了被拍照。

广告间隙，我拿一块糖给他，他开心地哈哈笑。却没有立刻吃，把糖放在左手手心，握起来，伸出空空右手向我摊开，道："还要，给姐姐。"我又给他一块，看他装进兜里，才把左手的剥开，放入口中。

3

含着糖，他把我的手机拿过来放到耳边，开始讲话。

"妈妈，你下班没？

"妈妈，你下班来接嘟嘟。

"姑姑给糖吃了。

"妈妈，你买个大西瓜给嘟嘟吃。

"嗯，奶奶包饺饺给嘟嘟吃……"

嘟嘟就是他，我两岁半的小侄子。

他一本正经地自言自语，表情丰富，声调适时起伏。并且在讲话的间隙会短暂停顿。

我忍住没笑，看他把电话放下，又从沙发上跳下来，捧起茶几上的水杯大口喝水。然后，他指指暖水瓶，示意我倒水。

又看了会儿熊大熊二，哈哈笑一阵后，他跑去卧室拉出我的行李箱，铺到地上打开，往里面扔玩具，毛巾，鞋子，饼干啥的……装好后，他戴上帽子穿上鞋子，开始拉着箱子在客厅来回穿梭，一遍又一遍。我问了他："你要去哪里？"

他穿梭着头也不抬答道："火车站，送姑姑。"

4

我在这个下午被他轻轻惊到了好几次。然后我确定，这个两岁半的小男生，他的心灵已经独立而丰盈。他的小心灵中有了完整的世界和对世界的认知。存储了亲情和他对待亲情的方式。

他为自己的小心灵骄傲着，自信又得意。

我在他终于穿梭累了的时候俯下身来，轻轻握住他小小的肩。

他一脑门的汗，整张小脸亮晶晶的。

我说："亲亲姑姑。"

他不假思索，把柔软的小脸递到我的唇边。是个骄傲的小男生呢。

我亲了他一下。那一刻，我想起黄永玉老先生说：孩子是我们的甜美，也是我们的悲伤。是我们的骨肉，我们的心。

是啊，我知道，他是的。他们，都是。

5

在 2012 年夏天，长达一个多月时间，我住在离家五十公里的临沂市、自小一起长大的好友家中，照顾在临沂市人民医院住院的父亲。

那是父亲在世的最后一段时光。每天早晨 5 点之前，我起床做好早饭去医院，晚上 9 点之后从医院离开，从早到晚被绝望和悲伤遮蔽得严严实实，忽略整个世界。

好友很少劝我什么，她比我早早经历过失去亲人的痛苦，她懂得。大多时候，我回去，我们什么都不说，沉默许久，各自去睡。

我睡在好友五岁半的儿子小鑫的卧室，他则跟爸妈挤在一张床上。事实上，这么多年，忙于各自的生活，我和好友见面极少，甚至当年，连她的婚礼都未能赶回来参加。

所以，那是小鑫出生后，我第一次见到他。

五岁半的小鑫，外向而纯真，俊秀又聪慧，不会书写却认得很多字。且心地柔软，喜欢所有客人，包括从不曾谋面却一下占据了他整个房间的我。

那时，他在学街舞，晚上会去广场练习。每次我从医院回去，他都是练习完回家，洗过澡，光着小身体在客厅走来走去。他一定要等我回来，那样赤裸着小身体跳一段街舞给我看，才会回去睡。

后来的一周，父亲病情恶化，我有时在深夜回去换件衣服，有时整夜不回。有一天好友对我说，小鑫每晚睡觉前要去看看我的箱子在不在。确定我没有走，他才会去睡。

几天后我送别了父亲，趁着小鑫不在家时，去拿走了箱子。

竟然没有跟他告别的勇气。

那个夏天的悲寒无以复加，小鑫却常常会忽然在我梦里出现。

一次一次，我的小暖男用他干净无邪的眼神，温暖我的悲寒，胜过所有成人的语言。

6

记得去年清明前，我跟母亲一起准备回家祭祀父亲的物品。十岁的侄女小娃趴在桌前，认真写了一个下午。

我随口问她写啥。

她抬头说："给爷爷写信呢。"

是的，她写了一封很长的信，写在那种彩色卡纸上。不给我们看。写好后，她把卡纸叠成许多千纸鹤，串到一起。

那是我有生之年见过的，最美的书信。

还是那次清明，回去时看到前一年中秋，回去种在父亲坟茔边的几株小菊花，已经绿蓬蓬长成了大片。

我惊讶无比，当时，只是想让花开一季。没想它们竟然如此繁茂地存活下来。

后来堂弟说，是他家那个叫我姑姑的兵兵，一直在用心照顾着那些菊花。浇水，松土，施肥……

兵兵十几岁，读中学，每次我们回老家，他跑前跑后却很少说话。寡言的少年，重情而柔软。还是在老家。舅舅家两个表弟，家中各有一小男生。六七岁，最顽劣的年纪。每年春节我会给这俩顽皮小伙买件新衣。

他们却很记得这件小事，每次得知我们回去，一定要去舅舅家认真等着，一次次跑到门口去看。等到我后他们便跑开了，许久不再回来。

等，是这两个小男生的亲情仪式，一定要完成。

7

同事家七岁半的女儿小魏，暑假无人照看，那日跟妈妈去单位写作业。上次见她，还是前一个暑假，一晃又一年。

小魏长高许多，读完了一年级，有些大孩子的神情了。我喊她，她看我片刻，不吭声，忽然走过来，紧紧拥抱我。

抱了好半天她才唤我一声。

这么小的她，倔强又深情。

还有一同事家女儿小宝马，两岁半，精灵古怪。

儿童节时，买了一条小裙子送她。那天晚上，她用妈妈手机和我视频，认真地清晰地说："谢谢海宁阿姨。"

一张小面孔，纯净又甜美。

而几日前，下班时，穿过车水马龙的经七路时，依稀听到有人喊我的名字。

极其稚嫩的声音，稚嫩得仿佛错觉。

我还是回了身。

便看到对面，好友家还不到两岁的青柠糖姑娘，正被奶奶抱在怀里边招手边认真又大声喊我的名字。纯净若天使的小脸开成一朵甜美小花。

············

他们都是糖，甜美得一次次融化掉我们心底的悲伤。

俩 "吃货" 的亲情盛宴

他给予默语的，
何止口腹之欲？
而是宠爱、是见识、是教养、是文化，
更是一个女子独自行走于天下的自信和胆识。

1

护士进来换药时，默语老爸正在看一份精美的菜单。换好药，小护士笑着问："叔，又看啥好吃的了？"

老爸就从菜单后面抬起头来，移移老花镜，说："来碗小米炖辽参，姑娘你看咋样？"小护士呵呵笑，"只要姐的钱包没意见，我就没意见。"

默语跟护士都笑了。

此时，默语老爸入院 26 天，和几个小护士也熟了，经常会开开玩笑，默语接过那可爱小姑娘的话，问他："沂州食府？"

老爸点头："自然，哪一个店炖的海参，都不如沂州食府的味道正宗。"

小护士吐吐舌头："叔，您可真是个超级'吃货'，太会吃了。"

默语老爸就哈哈大笑起来。他的心脏打入支架，很成功，恢复也不错，气色好了许多，连笑声都爽朗了。默语跟着小护士朝外走，边走边说："可不是嘛，我爸这辈子，除了吃没别的爱好。"护士嘻嘻笑，"你可太宠他了，要啥给啥。这些天，老爷子快把这些饭店的招牌菜都点完了。"默语摊摊手，"那也设办法，谁让我摊上了这么一个'吃货'老爸呢？"

没错，按现在由贬义已升至褒义的话说，默语老爸是个地道的顶级"吃货"，爱吃，也会吃，更舍得吃，作为一个建筑部门的设计师，半辈子过下来，竟无半点积蓄，用默语妈妈的话说，是个"老牌月光族"，钱都吃了。

不过，这几年默语觉得老爸明显是精明了，很多时候，想吃什么，都是命令默语埋单，尤其这次住院后，更是以生病为借口，肆无忌惮地要求默语采购各种美食，本城各知名食府的菜单，都在他的床头上放着，别的病人看手机、看电视、看报纸，他老人家看菜单，非常有追求。

可是，除了低眉顺眼地满足他，默语还能如何？他可是有撒手锏的，言之凿凿地指出，那么多年，他的钱，不是他吃了，而是让默语吃了。默语妈妈可以作证。

这一点，其实默语从来不跟他争辩，因为……默语知道，根本不用老妈作证，自己做过的事，她自己当然知道——不仅老爸是"吃货"，遗传基因下，默语比老爸，只能说有过之而无不及。

2

默语对美食的爱好，用老爸的话说绝对是天赋，一岁生日抓周，什么金币、笔记本电脑、手机、漂亮衣服、洋娃娃等统统吸引不了她，小小的默语视若无睹地爬着越过了它们，一把就抓起一块毫不起眼的巧克力，之后就再不松开。三四岁，默语便已经会琢磨着点餐了，会对老妈说，要吃细细的西红柿鸡蛋面，西红柿不能带皮；要吃鱼肉馅儿的水饺，里面还要放扇贝肉；要吃土豆炖牛肉，土豆要做成汤圆那样的圆球，边说边比画……有时默语的要求让妈妈瞠目结舌，便瞪着眼看着眼前边说边流口水的小人儿问默语老爸："你教她的？"

老爸总是矢口否认，却不无得意，为他强大的遗传基因。

对于吃，默语简直无师自通。五岁生日时，老爸在一家海鲜馆定了位子，小姑大姨地去了一大桌，老爸建议每人点一道菜，最后轮到默语。翻过菜单后，小丫头毫不犹豫地就指着其中一张澳洲龙虾的图片说："要吃这个。"

澳洲龙虾，是当时那家饭馆中最贵的一道菜，只这道菜，便抵上当时默语妈妈一个月的收入。老妈哪能干啊？开始哄默语："闺女，这个不好吃，你看，有刺刺，扎人。"还做出被扎到后疼的表情……

但默语这个天生"吃货"压根不为所动，执着地指着图片中那只张牙舞爪的龙虾，坚定地说："我，就，要，它！"

默语妈妈还要说什么，默语老爸已经豪气地一摆手，跟服务员说："来一只。"

那只龙虾导致的结果是，老爸被罚在之后的半个月没吃肉——这对于一个肉食动物来说，已经是非常严厉的惩罚。其实除了惩罚，作为管家婆，默语妈妈也是为了省钱。

3

澳洲龙虾，不过是个案之一。

之后，随着默语的成长，对吃的追求也越来越高档和多样化，但凡她听过的或者电视上看到的，只要没吃过，一定会没完没了地惦记，直到老爸想方设法地寻到，让默语一饱口福——有时也不见得是口福，因为吃到后，觉得也没什么，不过满足了心理欲望。

最过分的，读中学时，有一次因为在小说里看到了，默语便提出想吃比萨，而且是必胜客的比萨。在 20 世纪 90 年代末的小城，像样的快餐店都没有入驻，至于必胜客，大家压根没听说过。但是默语就像着了魔一样，非磨着要吃不可。后来，默语老爸做了两种计划，第一，带默语去北京；第二，让他北京的一个同学买了披萨托人捎带过来。

最后实行了第二个计划，北京的那个叔叔，买了一个必胜客的牛肉披萨，找了一个北京西站的熟人，托他将披萨送上了北京至小城的一列火车……

18个小时后，披萨到了默语手中，味道如何已经无关紧要，重要的是，默语终于知道了什么是披萨，什么标签叫作必胜客。

那次，默语的妈妈气了很多天，骂她"吃材"。在"吃货"这个词问世之前，贪吃的人都叫"吃材"，然后又骂默语老爸不讲原则，把默语惯得不知天高地厚，愤怒道："把闺女养成这样，长大以后谁敢娶她？"

默语老爸却有更深刻的见地，慢悠悠地说："连吃都不让吃，还嫁给他做什么？"

放到现在，没得说，默语肯定是给老爸点赞的。关于吃，默语家里永远是二比一的格局，妈妈从来没赢过，最后，她放弃了，也只能眼睁睁看着默语跟老爸，每个月把家里工资吃得山穷水尽……

4

多年后，默语去北京读大学，很快便在"吃货界"闯出了名气。有一次，某富二代同学过生日，宴请大餐，席间，海鲜禽类稀有蔬菜俱全，大款同学在那里指手画脚地炫耀一道菜的名贵，且卖关子，问："你们知道这叫什么吗？"默语就忍不住了，提醒他："小哥儿，这道佛跳墙中，鱼唇少了点儿，海参也不是野生的，另外，鱼翅也有伪劣之嫌……"又说，"其实最可口的，是这道最简单的凉拌秋葵。"

当年，秋葵这种蔬菜只在南方可以见到，大多人都不认识，但默语的确吃过它的数种做法，包括它来自非洲的历史——这也是默语乐此不疲地跟老爸埋头苦吃的原因之一，除了对食物本身的热爱，一道菜，它的历史、典故、原材料的产地和与之相关的知识，默语老爸都会娓娓道来。因为热爱，他读了太多关于美食的书籍，而那些书籍里，不仅有美食，更有世界、有视野。

跟着老爸，默语吃的是美食，长的却不是体重，而是见识。

那天起，大款同学对默语刮目相看，死命追了好久。在他看来，默语自然是非富即贵，但是，他真的想多了，默语不过是有一个在吃这方面，无限度宠爱她的爹地罢了。

后来，真正谈了恋爱，跟男友第一次和他的父母吃饭，男友父亲是大学教授，在美国生活过很多年，爱吃西餐，所以定了一家法国西餐厅。

那晚，默语换上得体套裙，理罢妆容，从容赴宴，整套的西餐礼仪，默语十岁的时候就已熟知，包括诸多所谓绅士、淑女并不知晓的红酒杯的正确握法，这也是默语老爸赐予她的另一种美食之上的财富，那就是良好的礼仪，是驾驭任何一种饭局的能力。

默语牢牢记得，在18岁生日时，老爸喝了点酒，微醉后说："我和你妈，一不为官二没有钱，我能给你的，也只有这些。嗯，满足你的口腹之欲而已。"

当时，老爸的郑重其事还惹得默语大笑，几年后再次想起，才体会到老爸这寥寥两句话的深刻寓意，他给予默语的，何止口腹之欲？而是宠爱、是见识、是教养、是文化，更是一个女子独自行走于天下的自信和胆识。

他所赐予，默语全部获取。

5

如今，默语26岁，某知名酒水集团最年轻的调酒师，月入数万，也被称为行业翘楚。专业调酒师，业余美食家，写博客，开专栏，过得不亦乐乎。

默语老爸已退到二线，是默语微博忠实粉丝，最大的爱好，是在默语微博中寻找新的美食踪迹，然后令女儿"用最快时间"带他品尝。

为此，默语常常和他打嘴仗。妈妈终于从以前的干涉者成为观战者，每每看着默语跟老爸为"吃啥、啥时吃"争斗，便兴奋不已，笑默语："你当都是白吃的，出来吃，迟早是要还的。"

还就还，默语乐意。

是的，默语乐意，她是如此开心，多年后，可以用老爸宠爱她的方式来宠他，然后跟他讲一讲某一道新菜品的故事，跟他一起，在夜晚一边看《舌尖上的中国》，一边相对小酌。百吃不厌的是老爸做的醉泥螺，和默语后来学到炉火纯青的三杯鸡，这是爷儿俩的保留手艺，一般用来招待彼此和家中贵客。

此刻，康愈中即将出院的默语老爸，并不关心他的住院费有多少，这次的支架可保他多久无虞。他关心的，是小区斜对面新开的一家川菜馆，入院以来，医生不让吃辣，他馋了，心心念念都是川菜中的名品沸腾鱼和馋嘴蛙。

怎么会不满足他呢？书上说，真正的爱情，不在生生死死的考验中，而是在天长日久的一蔬一饭里。默语想，亲情也是如此吧。终此一生，她和老爸都会用美食宠爱对方，而每一顿和老爸一起吃的饭，对默语来说，都是人生盛宴。

总有一次回头，令你潸然泪下

那么长时间我一直以为，
我失去的是我爸。
但是……分明是我妈啊，
是她不在了。
现在，我爸的灵魂住进了她的身体，
他们合而为一。

1

去年春节，凡礼节上来我家拜访的客人，无一例外目睹了六盆君子兰在我家客厅的电视机柜上一字排开的盛况。

简直难以想象。

起初我甚至以为君子兰是不开花的，老爸曾经培育它们多年，连一个花苞都未曾见过。后来又想，大抵要品种绝佳的才会开花，我们家这些，用老妈的话说乃"君子兰中的贫民"，哪有开花的资格？

奇迹出现在这个寒冷的冬天，在春节到来之际，它们忽然齐齐约好了一般，在某个夜晚于叶子中间抽出一根笔直的花径。然后，挑起数个橙色的花苞，并在除夕之夜，紧锣密鼓地开放起来。

于是，我终于在多年后见到了传说中的君子兰花。

竟然是橙色的，还是那种艳丽到俗气的橙，花瓣的形状仿若百合，花蕊是绿色，无论形状和颜色，全然和高雅无关。

但是，我妈视若至宝，逢来人便大肆炫耀，完全不顾对方是否有兴趣。又不好拂了她的兴致，只好呵呵呵地应着。

最过分的，那些花遮挡了电视机的部分画面，但是她却不许我移开，所以，想看电视，对不起，需捎带着赏花。

老妈，是越发地固执了。

2

最令我意外的倒不是君子兰开了花，而是我妈对待家中花草的态度。

曾经，她最看不得我爸花时间来侍弄它们，口头语是"早晚把你这些破花烂草都从阳台扔出去"，结果吓得我爸每日做贼一样，只能趁着我妈在厨房的时候，才去和他的花草们亲近亲近，松松土、上上肥。天气稍一暖和，他就赶紧把占据了阳台的花草一盆盆搬到楼前的空地去，把阳台腾出来，留给我妈晒东晒西。那些年，我妈从来没正眼瞧过我爸种的花，即便在君子兰被捧得身价昂贵时，我妈也一直不屑，随手就把两盆送给了我舅。

她不认得任何一种花，那不是她所好。

可是现在，当初她口中那些"垃圾"，忽然都成了她的至宝。包括最廉价的吊兰，也蓬勃在我们家包括卫生间在内的每一个角落。

还有一盆发财树，长疯了，占了半个阳台，叶子浓密油亮，像假的一般。

我妈每天晚上都看养花知识，已经堪称半个专家——那些"破花烂草"，在我家得到了空前的待遇，动辄被酸奶浇灌。

她对它们，比对我还好。

3

还不止这些，前几天我和同学去一家酒店吃饭，我看中一只盛放水果捞的玻璃器皿，浑圆、略高，边缘一边高一边低，独特的造型。最后跟人商量许久，付了一点银子捧了回来，本是要放在书柜当工艺品，但是，却被我妈打了劫。

她把我的宝贝索了去，放入清水，又放入一条体型娇小的金鱼。

我暗暗惨叫。

我们家 93 平方米的房子，两个卧室加一个小书房，客厅已不宽敞，却摆了大大小小四个鱼缸。

本来只有一个，是我爸几年前买回来的。

坦白说我爸的审美不咋样，那只鱼缸里面贴了模仿海底的贴纸，花里胡哨。

记得当时我爸带回这东西时，我妈那眉头皱得，好多天都展不开。

后来她叫它为"你爸的垃圾桶"。

但是现在，"我爸的垃圾桶"依然建在，其中有个角磕碰了一个小口子，我妈竟然用了一种神器给补上了。然后，她又买了两个鱼缸让店主送回来，一个长圆形、一个扁圆形。并根据鱼缸体积，买回体型不一的各种鱼类。

现在加上我的这个，家里四个鱼缸又成一景。

4

也别觉得这样就过分了，我妈不仅养鱼还养了猫。

由此，家中早晚不得安宁，猫和鱼的斗智斗勇每天都在上演，每次进门，总有种鸡犬不宁的动荡感。

我妈丝毫不厌烦，她常常是一边教着鱼们怎样防身，又一边批评隔着玻璃试图抓鱼的小猫智商太低。

后来有一天，一条鱼不知怎么想的，竟然以跃龙门的姿势跳出了鱼缸，下场可想而知。

我妈不断摇头，评价道，不作死就不会死。

这样的用语，是她在某个八卦频道的娱乐节目中学来的。

没错，我妈现在不仅看娱乐频道，还看家长里短的节目。她再也不批评我爸的低级趣味了，再也不为了看京剧跟我爸争遥控器。

现在的她自觉自愿地顺应着我爸的品位过日子。

开始，我妈这些改变我也没留意，虽然偶尔会诧异，咦，她怎么也开始种花养鱼了？她怎么也开始家长里短了？

直到后来，我发现事情有些不太对劲了——除了爱好，我妈连性格都大变。

5

记忆里这么多年，我妈是个心思慵懒的人，虽然她做了很多年的教师，可是在家中，她既不爱说教，话几乎也不多。

我妈手脚不算利落，三口人的一顿饭会花去很多时间，所以除了上班，总感觉她一天到晚在厨房里。

她也很少教育我好好读书和做人，那都是我爸的事。

她的邻里关系堪称冷淡，楼道里碰上了会跟人打个招呼，再无更深一些的来往。

她总是嫌我爸多事，邻居家夫妻吵架，也得敲敲门过问一番。

而我爸热心，并有一定凝聚力，小区里有什么活动，他基本都属于组织者。

比如一帮老头老太太每天早上在小区的活动广场打太极拳，白开水和音乐播放器都是我爸主动提供，大家也习惯了大事小事找他，这总惹得我妈翻白眼，说我爸"一辈子管闲事、瞎操心"。

6

我妈连散步这样的事，都是在我家客厅进行的。从阳台起步，走到餐厅转身，再转回去，来来回回。

我测量过，以我妈的步子，刚好12步转一次身，倒是连腰部都锻炼到了。可是，一个人这样走来走去，可否寂寞？

我妈从不觉，她是我见过的少有的耐得住寂寞的妇人，不家长里短、不东扯西扯、不加入集体。

我妈也不爱出门，所以如此多年，我爸的主外还包括买菜、水果、日用品……我妈连超市都不逛，嫌人多，挤、吵闹。

他们还经常为一件事闹不愉快，退休后，我爸一门心思想到处走走，他爱玩，也好吃，意欲走遍全国、吃遍全国——计划大多被我妈给拦截，我妈的观点：外面有什么好？车多人多。外面的饭菜又有什么好？没准都是地沟油。最后弄得我爸兴致全无。

好在这些事儿上我完全遗传我爸的基因，所以常常，我会带着我爸，我们爷俩就近的山水转转，热情洋溢地胡乱吃一通。而我妈宁肯在家里听着京剧吃素汤面。

为此，这么多年，不是没有感慨过旧时婚姻的可笑，父母之命、媒妁之言，把两个异类拉到一起过日子，不能说谁有错，但真是够为难。

难得他们一起过了 30 年。

但是，也只有 30 年而已。

7

2011 年春天，我爸身体出现异兆，做了手术，2012 年夏天，癌细胞，很快便离开。

一度担心我妈会承受不了，她那样……那样没有生活爱好，那样不爱与人结交甚至懒得出门的性格，怎么过日子？

当然，我可以陪她。但我已经成年，懂得孩子的陪伴和丈夫的陪伴不一样，纵然那么多年，他们从来没有步调一致过，可她已经习惯了我爸在。

但现在，我爸不在了，剩了她自己。

刚开始那阵子，我甚至迟到早退地守着她。后来反倒是我妈劝我，说用不着，她没事。

她越是这样说我反倒越不放心，但是后来发现，她说的是真话。

我妈平静下来，开始按部就班过日子。而那种按部就班，便是从照顾我爸留下的那些花草和金鱼开始的。

当时也想，她无非打发时间，或者，因为它们皆是我爸留下的念想，毕竟是30年的夫妻，爱情有没有我不知道，亲情总是有。

但后来我发现，并非如此。

8

我妈改变得太大了。

她开始和邻居家长里短了，我常常会在吃晚饭时遇到来造访的邻居，有时是送几个水果，有时是几个包子，甚至一把自家种的韭菜。然后我妈跟人家聊天，没有半个小时聊不完。

她还参加了一个团队的广场舞活动，买了好几套衣服，花红柳绿的，完全不像她。

她也会突发奇想，让我带她去某家新开的餐馆尝尝鲜，说，电视上都做广告呢，想来味道不错。

并且，她变得絮叨起来，每次一起吃饭就会教育我好好工作、和同事和睦相处、不要随便跟男友发脾气、钱可以花但不要乱花……她还……还打算让我近期休掉全年公休，携她一次台湾游，催着我先办签证。

记得当年我爸也提过，她说他"神经病"。

那天早上，我终于塞下最后一口面包，逃开她的絮叨走出门去。走了几步，忽然听到我妈喊了一嗓子，注意安全，过路看车！

我回过头来，看她半个身体探出阳台，正冲我招手。

那一刹那，我所有汗毛孔忽然全部张开，我被惊住了——我觉得我妈被我爸灵魂附体了，那完全是我爸多年的习惯，是他的台词和动作，包括招手的幅度，都一模一样。

然后，我足足被定在那里好几分钟。

我几乎无法分辨，身后几十米高处的那个人，到底是我妈还是我爸？还有每天穿梭在花草市场、超市、小区广场和左邻右舍之间的那个人，那到底，是我妈还是我爸？

那么长时间我一直以为，我失去的是我爸。但是……分明是我妈啊，是她不在了。现在，我爸的灵魂住进了她的身体，他们合二为一。

不是因为爱情吧？一对不和谐 30 年的男女。

可是，不是因为爱情吗？

几分钟后，当我终于平静下来回过头时，阳台上不见了我妈的身影，只有那盆丰茂的发财树招展着。

毫无征兆和防备，我的眼泪哗哗地流了下来。

后妈的神器

成泽终于在时光里，
在他所阅读的书籍里，
读懂了她。

　　她第一次对成泽"施暴"时，来成泽家还不到半个月。

　　那半个月，其实成泽已在背地里开始了和她的较量。比如，成泽会偷偷把她的杯子里撒上一层盐，热水化开，薄薄地留在底层，她不知情，早上喝水时，一口被呛到；比如，成泽会用小锯子把她一只鞋的鞋跟锯短一点点，她穿上去，一迈步一个趔趄……

　　对成泽这些恶作剧，她却都保持了沉默，这给了成泽一种错觉，觉得第一她好欺负，第二作为一个后妈，她不敢对自己怎样，她怕别人说。要知道，她嫁给成泽爸爸，来到成泽家，可有一院子的人看着呢。

　　所以，成泽大意了。

那天晚上，成泽带领院子几个孩子玩嗨了，最后把王奶奶家乘凉的棚子给点着了，围着火堆欢呼雀跃……在和院里大人合伙把火扑灭后，她把成泽薅回家里，关上门，二话没说抓起了鸡毛掸子。

开始成泽是试图反抗的，她看上去瘦瘦小小，而成泽作为一个 12 岁的男子汉，不比她个头低，也自诩比她有劲。但成泽没想到她瘦小的身体里蕴含着那么巨大的能量，自己刚做出反抗的举动，便被她一把按到了沙发上，一手按着，一手举着鸡毛掸子抽下来。成泽竟然动弹不得。她一边抽一边大声吼："让你知道后妈也是妈，也能管你、打你、教训你！"

成泽也跟着她吼叫："后妈打人了，虐待，救命啊……"

结果，成泽喊破了喉咙没人来拉架，尽管他一边挨打一边模糊看到门外晃动着一排脑袋，可他们都是看热闹的，看这个院里有名的"惹祸精"，是如何被后妈"教训"。

后来，直到成泽识趣地不喊了，她才住了手，成泽也已经被打惨了。她把鸡毛掸子丢到一边，指着成泽说："以后再敢胡作非为，作一次打你一次，不信你就试试。"

成泽忍着剧痛，也强忍着眼泪，回头瞪了她一眼。

她不屑："你还别不服，我不怕你爸回来你告状，也不怕你找你七大姑八大姨，我还想找他们呢，一起说道说道，就你这样的熊孩子，该不该打！不信你也试试。"

成泽终于哭了，因为太疼，因为成泽忽然意识到，她说的话是真的，如果爸爸知道自己放火，也肯定不会轻饶了。奶奶倒是偏袒成泽，但是也说过，不许成泽惹是生非……

成泽知道，短时间内，找人报仇，是无望了。

所以，成泽为绝望而哭。

那天晚上，成泽是趴着睡的，睡一会儿，疼醒了哭一会儿，哭困了又接着睡……是暑假，她没有喊成泽起床，成泽这样哭哭睡睡的，醒来的时候已经十点多了。屁股很疼，肚子很饿。

起来四下看看，她不在家，厨房里飘散着红烧肉的香味。

抗拒了三分钟后，成泽向红烧肉投降了。

和她的正面战争，终于以成泽的全盘告负而结束。过了好些天，屁股上的印痕都还在。这种结果直接导致了日后，成泽再没有敢跟她搞恶作剧，而是听了小伙伴们的忠告：惹不起，躲得起。

没错，躲着她。

她当然知道成泽在躲着她，只要成泽爸爸不在家，吃饭的时候，成泽基本不和她同一张饭桌上，饭菜盛到一个碗中，端到屋里吃。

但有一点成泽承认，她的厨艺非常好，擅长各种肉菜，尤其成泽的最爱红烧肉、红烧排骨、红烧鱼……她连红烧豆腐都能做出诱人的香味来。这常常令成泽有"英雄气短"之感，躲避她的姿势，就不是那么理直气壮了，多少有点低眉顺眼的意思。

那时候，作为业务员，成泽爸爸常常不在家，家里大多时间，只有她和成泽两个。

她却好像压根不在意成泽的躲避，成泽不主动说话，她也不说。非说不可的时候，比如需要买学习用品，需要交资料费用等，成泽也是能省则省。结果，她更省，三个字，知道了。然后把钱给成泽，一般会多给一些。

成泽并不感激她的大方，反正她没有工作，钱也是爸爸的。

但成泽也佩服她另一点儿，不管他们之间发生过怎样的矛盾，成泽都不告状，她也不告。包括那次放火、挨打，一周后爸爸回来，两人都装得像什么事都没发生，她也没告诉爸爸，赔了王奶奶家三千块钱。这也让成泽知道了，钱的事上，她说了是算的。

但不管怎样，她的保密，让成泽省了又一顿打。

这些秘密，让成泽和她的关系既一目了然，又颇为微妙。在爸爸看来，成泽和她相处融洽，至少，相安无事，只有成泽和她知道，真相不是如此。

可是真相是什么呢？成泽也开始有些慢慢搞不明白——抵触，是有的。怕，也是有的。恨呢？说不上来。毕竟每天吃着她亲手做的饭菜，令成泽在 12 岁到 14 岁的两年间，长了 28 厘米，体重增加 15 公斤。

另外，她过来之后，家也的确像个家了，井井有条、清净整洁，并且，成泽再没穿过脏衣服，白衬衫永远洁白，牛仔裤永远洁净，运动鞋永远是他喜欢的牌子。鞋并不便宜，她也舍得买。奶奶对她的评论是："不错了，就是你爸的钱，她不给你花，你不也没辙？"

这倒是，看来，这个世界对待后妈并非充满了挑剔，有时也非常温柔和包容，好像天底下，不虐待孩子的后妈就是好后妈了。至少，院里人是这么看的，从她狠狠打了成泽那一顿开始，他们认可了她，原因是："现在哪有后妈打孩子的，都是糊弄着养，她还真打，嗯，对孩子还是真上心。"

什么道理呢？在和她的关系对峙中，成泽如此势单力薄，不抗拒也罢。

挨打的暑假过去后，成泽读了中学，早上走得更早了，下午回来也较晚，两个人相对的时间，并不多。两人的关系，进入到一种平和而疏离的状态，甚至，连那些"要钱"的语言都省略了，她会提早把成泽需要的钱准备好，主动放在桌子上。

看样子，她比成泽还懒得开口，倒是合成泽心意。

中学功课日益紧张，后来成泽连电视也没时间看了，她好像也不看。晚上，成泽做作业时，家里静得像没有人。有一天晚上，成泽做题做到深夜，大概 11 点了，感觉有点儿饿，打算去厨房找点儿吃的。

推开门，成泽吓了一跳，客厅里黑着灯，电视机却在亮着，无声无息，她坐在电视机一米开外的小凳子上，看字幕。听到成泽开门，她忽然回头，好像也被吓到。

成泽一时有些尴尬，张了张口不知说什么。倒是她迅速恢复淡定，平静地说："看你开着灯，知道你没睡，这么晚了，没准也饿了，厨房有煲仔饭。"

成泽应了一声，从她身边、从暗暗的无声的光影里走过去，不知道怎么，那一刻，双腿有些沉重，心却有些酸软。

从那之后，成泽发现不管他复习功课到多晚，她都陪着自己不睡，做好一份可口晚餐在炉火温着，也不喊他，只等成泽饿了出来找着吃。

终于，一天晚上，吃完虾仁鸡蛋羹后，成泽对她说："谢谢您。"

她淡淡地看成泽一眼："有什么好谢的，后妈也是妈，妈能做的，后妈也能做。"

就是这句话吧，6 年后，令 18 岁、183 厘米高的成泽，忽然就忍不住湿了眼眶。掩饰着，成泽背过身去，说，"电视您放点儿声吧，影响不到我。"

她好像也应了一声，但之后，依旧故我，直到两个月后，成泽参加完高考。

高考成绩好得出乎所有人的意料，爸爸坚决为成泽举办盛大的升学宴，七大姑八大姨也都为此兴奋，热情参与。

那顿饭，78 岁的奶奶也来了，和她挨着坐，奶奶说："成泽能有今天的出息，多亏了你。"

她笑笑，不承认，也不否认，七大姑八大姨也都开始夸赞她，她终于有点儿招架不住了。成泽起身，几乎不假思索地替她解围："你们怎么都那么客气啊，别拿后妈不当妈好吧？"

此言一出，所有人都大笑起来，只有她，愣怔在那里，第一次失去了淡定的神态，她呆呆地看着成泽，看了好久，一眨眼，有眼泪簌簌而落。

成泽低下头去。

没有人知道，说完那句话，成泽和她一样，也愣住了。整整 6 年，成泽从来没有叫过她妈，甚至很少叫她阿姨，彼此之间的对话，少得可以忽略不计。可是时光能记住一切，记住了她从来到成泽身边那一天所有的付出，包括那顿令成泽想起来就不寒而栗的"暴打"——不是每个后妈都有勇气、敢担当地举起鸡毛掸子。如果不是那顿打，不是成泽因此生出的畏惧，很难想象自己会变成什么样子。

她没有拿成泽当外人，从来都没有。而成泽也终于在时光里，在他所阅读的书籍里，读懂了她。

9 月，成泽到北京外国语学院报道，入住寝室第一晚，四个男生闲聊，说彼此的糗事，或者奇遇，而成泽讲的，则是"后妈也是妈"的故事。

母亲的京戏

> 一壶绿茶、两份茶点，
> 陪同母亲静静坐下来，
> 观望几米之外的小舞台。

1

在郑州满大街"刘大哥讲话理太偏"的豫剧腔调里，终于在一条旧巷深处、即将拆迁的老式茶馆里，寻到了一方小小的京戏台子。

选了一个靠近角落的位子，古铜色的木头方桌和雕花的椅子，都已有了光阴的痕迹。茶壶也是老式的，包括放茶点的褐色的碟子，和外面时尚、光鲜的城市格格不入。

一壶绿茶、两份茶点，陪同母亲静静坐下来，观望几米之外的小舞台。

200

　　上演的是传统段子《贵妃醉酒》，名不见经传的小演员，扮相和嗓音倒也有板有眼。反串的少年有些清瘦，面容和嗓音都略显青涩，俊秀的气质却已彰显无疑。

　　这样的老式茶馆，生意已经稀落，暮春的午后，也只那么三两桌的客人，都已上了年纪，眼神混浊、笑容恍惚。却在京胡声凭空响起的刹那，混浊的眼神，倏然就清亮起来。

　　我侧身，看母亲的唇角微微上扬，目光，静静落在那个清瘦的少年身上。

　　忽然想，多年前，同样年少的母亲，喜欢的那个唱戏的少年，是否，也是这般模样？

2

　　这是父亲去世的两个月后，我接母亲来我生活的郑州小住，在这个周末的午后，带她在这家茶馆听京戏。

　　舞台太小、段子老套、演员的唱功只是说得过去。但母亲已经很满足，她说，已多年没有这样听过戏了，很多年了。

　　我知道，这个多年，应该是自母亲结婚以后。而这么多年，她对京戏的迷恋只能寄托于那一台小小的电视，并且在我们成长的年代直到父亲退休后，她能占用电视的时间，又少得可怜。

　　如今，她的生活里，终于只剩下了她一个人，和一台再也没有人去争抢频道的电视机。

母亲甚至不再需要遥控器，她的电视机，永远定格在戏曲频道上。而我甚至不知道除了京戏，母亲这一生，还真心喜欢过什么，又喜欢过谁？包括父亲。

失去了父亲的母亲，看不出任何悲伤，甚至在送别父亲的葬礼上，她亦没有如同任何老年后失去丈夫的妇人那般，痛哭号啕或不能自已，她的平静超出我的想象。连眼泪都是安静和默然的。

她是那样平静地默默送走了父亲，她的平静让我在疼痛之外，省却了一份担忧；她的平静，却也让我再一次证实了自己的猜测：她真的不爱父亲，这一生，她都没有爱过他。

一念之下，心里还是隐隐地有些酸涩，为已经离世的父亲，虽然他的一生，得到了母亲最好的照顾，但是到底，他也没有得到她的爱情。我确信如此，如今已有了爱人的我，知道被照顾和被爱，是两码事。

3

曾经，一度为此偷偷怨怼过母亲。因为早早地，凭借女孩子的敏感，我便察觉出父亲和母亲感情的端倪。

母亲对父亲，过于顺从和恭敬，过于周到和礼貌，过于地，好。

202

　　他们之间，从来没有过争执和吵闹，也从来没有过玩笑和打趣。母亲从不对父亲撒娇、抱怨或有任何要求，她照顾他的起居，为他洗衣做饭，甚至纵容他天性里的大男子主义，任由父亲这么多年衣来伸手、饭来张口。

　　她以"逆来顺受"的姿态，活在父亲给予她的生活里。而长大后，我很确定，"逆来顺受"不是一个读《红楼梦》、听京戏长大的女子的天性。

　　那么，母亲的"逆来顺受"，便是懈怠、无奈、认命和沉默的抗拒罢了。

　　而父亲对母亲，常常是欲言又止的样子，或者他总是说着说着，就会住了口，因为得不到回应。

　　母亲的话太少，尤其和父亲一起，少到，真的会让一方失去开口的欲望。

　　这让旁观的我，下意识地为父亲委屈，对母亲怨怼。

　　当然，他们也有闹矛盾的时候，大多是为管教孩子的事情，父亲非常偏心，从小娇惯我却向来看大哥不顺眼。母亲有时看不过去，会说两句。两人一次次为此生出嫌隙，却也不吵不闹，而是长久地保持沉默，任由一个家，跟着在这样的沉默中冷下去。

　　母亲会很久不和父亲说话，却如常地为他做饭洗衣。停留在这样气氛里的父亲，总是会喝闷酒，喝到兀自一声声叹息。

或者因为父亲自小的宠溺和母亲的少言少语，因为父女是上辈子的情人，感情上，我本能地偏着父亲，在他们每一次的冷战中，都会乖巧地陪在父亲身边，哪怕他喝闷酒的时候，也会执着地坐在他旁边守候着。而父亲，会在微醺的时候将我抱在腿上，揽在怀里。

那样的时候，母亲总是在卧室，不发出任何声音。却又总能在我和父亲吃完饭的时候，默默地走出来收拾碗筷。

有几次，我偷偷跟进厨房，在哗啦啦的水流里，听见母亲用很小的声音在唱这样的戏词："想当年我也曾绮装衣锦，到今朝只落得破衣旧裙……我只得收余恨，免娇嗔，且自新，改性情，休恋逝水，振作精神，早悟兰因……"

听得多了，慢慢记下一些，后来知道是《锁麟囊》的戏词，母亲最爱听的一出戏。

记下了，却也不太懂得，只是会怔怔地站立片刻，感觉近在咫尺的母亲，和我，和父亲，和我们的生活，其实无比遥远。她始终，活在一个我们无法进入的世界里。

这让我既怨怼，又疑惑。但终是因为对父亲的深爱，整个年少时代，我和父亲一样，接受着她细致而沉默的照顾，却不愿意亲近她。

那时候，我拒绝懂她。

4

开始和母亲有些关于感情的交流，是在我读大学恋爱以后。忽然之间，发现有些事情，作为一个女孩子，原来只能和母亲交流。我可以和父亲交谈全世界，却不能和他分享一个女孩恋爱时的种种纠结和甜蜜。

却又需要一个忠实的听众，于是本能地，我选择了母亲。

很巧，那个我陷落在相思中的漫长暑假，父亲大多时间出差在外，忽然就给我和母亲留出了诸多可以自然而然靠近的空间。

在母亲做饭的时候、打扫的时候甚至中午小憩的时候，我迟疑着试探着，却又终究忍不住地跟她絮叨起那个让我每一刻都念念不忘的男生。

母亲果然是很好的听众，很耐得下心听我如今想来俱是无聊、俗气的爱情中的烦琐细节。偶尔她会笑，似是被我的陶醉感染。而那一次，我也终于在琐碎的絮叨之后，下意识地询问，妈，你像我那么大时，谈过恋爱吗？

母亲就微微愣了一下。

然后我也愣住了。问得太本能，忽略了询问的对象是母亲。

尴尬凸现。

短暂的沉默后，母亲却轻轻地笑了，说，当年，我们像你那么大的时候，很多女孩都结婚生子了呢。

　　一想，是了。那个年代，20 岁的女孩结婚算不得很早了。而母亲，却是例外。她和父亲结婚时，已经 28 岁了。我相信，28 岁之前，母亲的感情，不会是空白。尤其后来，慢慢了解了关于母亲的家境。

　　母亲生在一个殷实的家庭，祖父一辈起就做粮食生意，外公和外婆，也只母亲这一个孩子，宠爱有加。后来，虽然大多家产被充公，但仅是外婆留下的首饰随意变卖，也足以让母亲过得富足安逸，即使物资匮乏的年代，母亲也四季有新衣，甚至"吃西瓜也要放白糖"……不会女红不做家务，是悠闲地读着《红楼梦》长大的女子。

　　唯一的爱好，是听戏。

　　"当年，虽然生活窘迫，却到处都有戏台子"，城里、县里甚至乡镇的露天会场，都常常有锣鼓和京胡声响起。母亲，"常常为听戏顾不得吃饭、睡觉，为此逃课也成了寻常事"，那咿咿呀呀的"摇板、慢板"，那婉转流畅的"西皮流水"，她迷恋于京戏的每一句唱词、每一种腔调和每一种粉墨的色彩。

　　学会了凄美的《锁麟囊》《西厢记》，也学会了铿锵的《穆桂英挂帅》《霸王别姬》，还有幽怨的《贵妃醉酒》和《苏三起解》……她迷恋收音机里的梅兰芳、荀慧生、程砚秋和尚小云……一次次，梦想随着戏台上那个英俊的男旦上路，去往天涯海角、去往天长地久。"那男子，清瘦俊朗，扮'虞姬'扮'红娘'，扮命运多舛但终和有情人相守相伴的俏'苏三'……"

5

那是第一次，听母亲说了那么多的话，那么多，幽幽而悠悠的口吻，沉陷在久远的回忆里。她没有回答我关于"是否谈过恋爱"的询问，她只说起这样一个戏台上的男子，他的扮相、他的声音和眼神，甚至，没有提起他的名字。

只是那么一个男子，和母亲，永恒地隔着一个舞台的距离。她从不曾认识生活中真正的他，没有见过他的样子，也没有过任何真正的交集。而他，定然亦从来没有看到过台下那个无数次注视他的少女，不知道她的存在。

可是这么多年，他却一直住在母亲心里。

为此，母亲迟迟地不肯嫁人，直到28岁那年，外公重病，离世前留下唯一的遗愿，希望母亲可以成家，嫁一个家世相当的男子。

母亲终究向亲情妥协，和父亲见了面。

6

母亲和父亲的故事，并不是我在那个暑假探知的。我懵懂的恋爱季节，根本无暇认真探究父母的情事。直到后来，我在一场场的恋爱和失恋中成熟起来，才开始站在一个女人而不是女儿的角度，来审视母亲这一生的情感。

为了外公的遗愿，母亲嫁给了父亲。当年的父亲，家境虽寻常，但已是一名身份显赫的军官，比母亲年长四岁，有过短暂婚史，相貌堂堂。在任何条件上，和母亲都很相当。

象征性地通了几封信，母亲说，根本想不到父亲竟然没有上过学，他在部队所学的文化和他天生的聪慧，已经足以让他将文字运用得灵活得体。看上去没有任何不妥，于是母亲就嫁了。并在和父亲结婚半年后，选择了随军，跟随父亲去了他服役的青海某基地。

部队的条件也算优越，母亲过去后，继续从事曾经的职业，在一家女子中学担任数学老师。生活似乎平静安好，但感情……感情却无所归属。

父亲是地道的山东男人，本性粗糙、大男子主义，识很多字，但没有读过书。

父亲给母亲的生活，衣食无忧但生硬粗粝，和母亲梦想的心灵的交融格格不入。父亲的一生，都站在母亲的心灵之外。或者不是他不想，而是，他不具备这种能力。他爱孩子，是人性的本能，他却不爱妻子，因为不懂那一种爱。

母亲对情感的期望，慢慢冷下来，终于凝固成了记忆里的琥珀。于是一个在缠绵、凄美的情感戏曲浸淫下成长起来的女子，只得选择一边沉默地承受生硬的人生，一边埋葬对爱情的美好向往。

埋葬了爱情，才能坚持着生活下来，尽到为人妻母的责任。"不痛苦，是因为没有亏欠"，母亲说，"能给予他的照顾、陪伴，包括忠诚，都给予了他。"

母亲口中的他，是父亲。

也直到父亲去世后，母亲才拥有了好好听戏的时间和自由，父亲生前百看不厌的战争片，也才彻底落幕。

7

此刻，母亲坐在那里，年过七旬的妇人，微胖、头发花白、面容沧桑，眼神中，却还保留着一丝清晰可见的少女般的纯净。或者，那丝纯净，是一个女人对爱情永恒的梦想吧。即使那梦想，已在光阴里淹没。

依稀地，我听到母亲轻轻和着"那冰轮离海岛，乾坤分外明，皓月当空，恰便似嫦娥离月宫，奴似嫦娥离月宫。好一似嫦娥下九重。清清冷落在广寒宫……"慢悠悠、缠绵绵又幽怨怨。

也就在此刻，我彻底理解了母亲，理解了她的一生，她的情感，她的爱与"不爱"……

母爱是一场重复的辜负

一个女人一旦做了母亲，
便会爱自己最爱的人，
然后辜负最爱自己的人。

外婆去世的时候，她16岁，第一次知道了什么叫伤心，伤心欲绝。

她一出生，外婆便和母亲一起照顾她，记忆中，那么多年，似乎是外婆的照顾更多一些。不是母亲不够爱她，而是外婆硬生生地要去分担——搂着她睡，半夜起来照顾她，一步步搀扶她学走路，甚至去了幼儿园，也是外婆早晚接送。

她爱外婆，也爱母亲，很难分清爱谁更多一些。所以，外婆走了，她那般难过，哭到歇斯底里，哭到失去力气，不睡觉，不吃饭，守着已经离去的外婆，不允许任何人靠近和带走。外婆终究被带走的时候，她发疯般地和人撕扯起来。父亲和母亲一人一边拉着她，她挣扎，太用力，衣服的袖子都被撕开，张大嘴巴却喊不出来——已经哭到了失声。

外婆走后，母亲没日没夜地守着她，为她担心，和她一样地吃不下睡不着。

可是母亲却不知道，那些天，她正在暗暗生母亲的气：母亲的母亲走了，可母亲更多的却似乎不是为亲人的走难过，而是担心她。

母亲怎么可以这样？她想，外婆在的时候多么爱母亲，七十多岁的老人了，还坚持做饭打扫卫生，为的就是不让母亲辛苦。她记得很清楚，在她成长的岁月里，外婆对她说的最多的话就是："妞妞，长大了一定要对妈妈好，要让妈妈享福。"

那句话，她一直听到 16 岁。很小的时候，是天真地答应。大一些，外婆就会要求她认真地答应。只有她认真答应了，外婆似乎才放下心来。母亲是成年人了，她不知道，外婆究竟不放心母亲什么呢？于是有一次她忍不住问起来。外婆就叹气："我就是不放心你妈，在这些兄弟姐妹中，你妈最小，早产，身体是最弱的，小时候受的罪最多，有次犯病差点被我给耽搁了……"她明白了，是因为外婆太爱母亲，大抵在外婆眼里，母亲永远都是那个最弱的、最需要被保护的孩子吧。

可是外婆这样地爱着母亲，外婆走了，母亲却那样平静，这让她很生气，生气到心里甚至渐渐有了怨。

对她的疏远，母亲是不安而忧虑的，开始只当她是为外婆的去世难过，对她越发地好，甚至有点讨好她。可是母亲越讨好，她越觉出母亲对外婆的薄情。那天，她再次将母亲放在她书桌边渐渐凉掉的牛奶沉默着端出去后，她觉得母亲哭了，一刹那，有些悔意，毕竟，母亲对她足够好。

然后那天晚上，她睡下后，听到母亲悄悄走进来。她不想跟母亲说话，闭着眼睛装睡。母亲就在她床边坐了下来，她能感觉到母亲在注视她，一直注视着她，目光里，有些犹豫，有些期待，又有些忧伤。那种可以清晰感觉到的目光，几乎让她快要装不下去了。毕竟，那是爱她的母亲。母亲从来都是爱她的。好在母亲坐了一会儿就站了起来。她偷偷睁开眼睛，看到母亲走到窗边，轻轻将窗帘的缝隙拉严。从窗口到房门，短短的几步，母亲走了好半天——屋里太黑，母亲怕弄出声响，几乎是挪出去的。

房门近乎无声关闭的那一刻，她的心软下来，想起她一次次对外婆的承诺，她决定，结束对母亲的冷漠。

第二天早上，她醒来，起床前想了想，躺在床上大声喊了一声"妈"。

母亲几乎是即刻就推门进来了，眼神里有些慌乱，连声问她："怎么了？做噩梦了？"她摇头，笑笑，那是外婆去世后她第一次对母亲笑，然后用曾经对着外婆的有点撒娇的口吻说："妈，你做什么好吃的了？"因为激动，母亲的声音都有些轻轻颤抖：

"牛奶，荷包蛋，还有你爱吃的小粽子……"她伸个懒腰，装作若无其事地说一句"起床喽"。那顿饭，她吃得很多，倒是母亲没动筷子，一直看着她吃，好像她饱了，母亲就饱了。

她和母亲的关系，就这样恢复到从前。在没有了外婆以后，母亲的爱，甚至更加细致和妥帖起来。

高三，她学习最紧张的一年。最后冲刺的几个月，母亲明显地消瘦，忽然发现母亲的头顶中心的位置，钻出了一些杂乱却清晰的白发，她看着那些参差而清晰的白发愣住了。那天晚上，她忽然变得像个小孩子，坚持要母亲和她一起睡。母亲嗔怪她："你这孩子。"她嘻嘻地笑："妈，我答应过外婆，以后一定会对你好。"那是外婆走后第一次，她对母亲提起了外婆。

母亲忽然就哭了。

她和母亲，再无了隔阂，就这样被宠着呵护着，她长成快乐明媚的女子，毕业，工作，恋爱，结婚……人生一帆风顺。婚后半年，她怀孕了。在她怀孕的那年，刚刚50岁事业依然正好的母亲坚决办理了内退，照顾她，就像当初外婆照顾母亲那样。三个月产假过后，母亲坚持要自己带小宝，晚上也带着小宝睡，不让她受那份午夜三番两次爬起来给孩子喂奶的辛苦。转眼，小宝一岁了。小宝很依赖母亲，像她当年依赖外婆。

初夏的时候，单位组织了一次拓展训练活动，活动有个项目叫心路历程，其中有个小测试，教练让每个人都将自己的手指比喻成生命中最重要的人。五个手指，分别代表了女儿、母亲、父亲、自己和一个最好的朋友——外婆不在了，她没有兄弟姐妹，所以就这样排列了。

然后，教练要求压倒第一个手指的时候，她选择了代表朋友的小手指。毫无疑问，在友情和亲情间，她选择了亲情。下一个，她却为难了。父母、女儿和自己，似乎都是不能失去的。可是活动却要求必须压倒，万般为难，她选择了父亲。女儿还小，需要她照顾，没有父亲，她也会照顾母亲。再后来，她迟疑的时间更久，终于，她选择了自己。即使她不在，母亲可以照顾女儿，原来在她心里，她爱母亲也是胜过爱自己的。这让她欣慰。

但是，但是最后呢？在最后一个目标的舍弃中，她忽然感觉到透不过气来，感觉到万分难过——一个是母亲，养育了她并始终在照顾和爱护她的母亲，一个是女儿，自她生命中脱离而出的、年仅一岁的、除了依赖她还不会爱她的女儿。最终，在教练的一再催促下，她猛然地，将代表母亲的手指压倒下去了。那一刻，她心如刀割。

她想起和母亲同睡的那天晚上，她终于问出了那个压在心底的问题："妈，外婆去世的时候，你是不是也非常难过，但是你不想说？"

当时母亲显然愣怔了一下，沉默了片刻，说："外婆是妈的妈妈，妈当然难过，可是外婆不在了，妈还有你，就觉得坚强，觉得活着有劲，虽然伤心，但不觉得绝望。"

　　那时，她再也忍不住地泪流满面。无疑，世间最爱母亲的人是外婆，最爱她的人，是母亲。可是，她和母亲一样，都会为了爱自己的孩子辜负最爱自己的人，哪怕那辜负是无意的，是不情愿的。十年以后，做了母亲的她，终于理解了母亲说过的那四个字：爱往下走。每一个女人做了母亲，爱得再伟大也都存在自私，自私到不愿把爱分给他人，只愿全部交给孩子。她，也一样。一样为爱自己最爱的人，辜负了最爱自己的人。

　　原来母爱，就是这样一场重复的辜负，而被辜负的人，却永远无怨无悔。

在你的掌心飞翔

泪流满面的郁林，
有一种飞翔般的轻盈，
那是梦想实现的飞翔，
无关结果。

1

郁林不知道，这世上到底多少女孩子像她这样，年纪轻轻，容貌俊美，却每日活在对梦想的沉默渴望和现实的刻骨自卑之中。那种感受，沉重煎熬，无法言喻。

郁林从小就知道，她漂亮，她几乎是在"这丫头好漂亮"的赞美声中长大的。到了五六岁，年少的郁林也像所有女孩子一般，有了懵懂的爱美心思，便常常在镜子中看自己那张圆润可人的小脸。

没错，那张小脸是漂亮的，皮肤白润、细腻、光洁，眼睛大而有神，睫毛长而浓密，挺挺的鼻梁，饱满红润的嘴唇，有乌黑长发。对着镜子眨眨眼睛，嗯，好看极了。然后，郁林会如童话书中白雪公主那般，牵着衣襟，在屋子中央轻轻旋转片刻。

不经事的年纪，总会为此单纯地欢喜片刻，欢喜地入睡、欢喜地醒来。

只是，不经事的年纪好像总是短暂，一晃，郁林长成了瘦高的少女。

少女郁林更加俊美，总让许多少年驻足，让同龄女孩羡慕。但郁林，已经不再为此有任何欢喜，也习惯了别人对她相貌的赞美，说时，郁林只是笑笑——已不再像小时候那么"自恋"地照镜子了，心思渐多，心事渐重。

郁林变得寡言起来，只在偶尔的夜晚，她会在灯光下看着镜子中那张秀美面孔发呆，然后，将镜子翻转，轻轻叹息一声。有什么用呢？生活如此拮据、狭促、难堪……漂亮的面孔，更像一种讽刺。

所以，长大之后，郁林再也没有提起过儿时总是挂在唇边"长大当演员"的梦想。郁林已经知道，所谓梦想，也只是梦想，飘在天际和现实之间，有无可逾越的界限。对于她来说，现实就是，每一天，都要和父亲一起，面对人生的重重压力。

最现实的压力，是生存，是活下去。

2

郁林十岁之前，人生寻常，如所有南方小镇的人家一般，郁林家境虽不富有，但也过得去，母亲有家传手艺，做的绿豆粉条，在县城的饭馆和店铺有固定销路。所以，也有多余的一些钱来宠着一个小女孩的爱好，比如零食，比如花裙子，比如偶尔去县城小公园游玩……生活简单，不乏温馨、平静。

这种平静人生却在郁林十岁那年戛然而止。那年夏天的早上，和往常一样，一家三口吃过早饭，郁林去了不远的奶奶家，父亲拉了满满一三轮车绿豆粉条，母亲坐在旁边，送粉条去县城。就在快到县城的一个路口，父亲的三轮车和一辆失控的大卡车相撞……

那场车祸，让郁林失去了母亲，父亲的左腿留下了残疾。雪上加霜的是，肇事司机还没有为车辆买任何保险，为买这辆卡车已债台高筑，虽然判了 18 万元的赔偿款，对方却无任何能力支付，亦无可执行财产。一年年拖下来，终究也只成了虚空。

从那时起，郁林跟随着多舛的命运，跌入生活的困境里。

贫穷是必然的，残疾的身体让父亲失去很多工作机会，能做的，也只是跟着亲戚朋友的建筑队做一些买菜、做饭、打扫卫生的活路……收入仅够维持父女俩的生活。郁林记得，那些年穿的衣服，都是亲戚家孩子穿小了送来的。只有过年，父亲会给她买件新衣。

自然，父亲也没有能力再娶。

郁林是懂事的，知道生活的不易，很少跟父亲提任何物质要求，早早学会了做饭、洗衣和收拾家务。只是，很多时候，也难免觉得委屈。看着同龄的孩子无忧无虑，郁林常常想，命运是不公正的吧？对她。活下去已经不容易，哪里还有多余的心思，再去碰触呢？演员？想一想，郁林自己都笑自己不自知。

3

这样的处境里，郁林也长大了，读完了高中，考入一所师范学院——只为可以免去大学昂贵的学费。即便如此，郁林知道，她的生活费用，也足以让已经年过五旬、身体不便的父亲倾尽全力。

好在这些年，亲戚也都眷顾他们父女，常常不动声色地给予一些帮助，比如考上大学后郁林用的智能手机，便是姑姑给买的。

长大后的郁林，也已懂得感谢和感恩，知道在人生的不幸里，她有自己的幸运。因为如此，如影随形的自卑也更加强烈。而在大学里，除了"容貌漂亮"的赞美，郁林听到更多的是惋惜。同学尤其朝夕相处的室友，常常感慨郁林是"把这倾城容貌浪费了"，室友彤彤更喜欢时时同郁林开玩笑："郁林，去演电影啊，很快就红了。"

类似的惋惜、玩笑，郁林都只是笑笑，但每一次，心是微疼的。郁林再没有告诉过任何人，当演员，是她懵懂时的天真的戏谑，也是她种植在光阴里的梦想。也许是因为漂亮，也许与此无关，当郁林不再看镜子中的自己时，每一次面对电视剧中那些和自己同龄的女孩子，她年少的一颗心，都会轻轻缩成一团——如果她能变成她们，该多好，哪怕就让心飞翔那么一次。一次就够了。可是，活在人生夹缝中，她怎么敢说出口？唯有沉默和微笑吧。若还有多余心力，郁林也愿意用来多做一份家教，能赚一点儿是一点儿，可以减轻父亲的负担。随着年纪渐长，父亲的腿脚也越来越不便利了，天冷时会疼痛。

这些都让郁林心疼，父亲的老去，父亲的身体，还有郁林自己，她心疼这么明艳的青春，都用来和生存对抗。郁林却只能选择接受，不发出任何声音。那么年轻的心，也就在这样的人生中早早沉寂下去。

4

暑假前夕，接到那个叫李佳的副导演试镜电话，郁林以为是有人搞恶作剧，可听对方说得认真，又认定他拨错了号码，

220

直到对方确定地询问"你是不是郁林？忧郁的郁，树林的林"，郁林才愣怔了一下，然后，她说："对，我是。"

电话里，郁林听到李佳笑了笑，说："那就没错，我找的就是你。"

随后，李佳简短说明情况：即将开拍的一部宫廷戏，因为定好的一个女配角临时有事出国了，所以，他希望郁林能去试一试。李佳说："听你父亲说，你很热爱表演，而且，你的长相也很符合我们的要求。"

郁林彻底愣住，因为震惊而不可置信，言语语无伦次起来："我……我爸他……你们……"

李佳又笑起来："把你的身份证号码发给我，我给你订机票，等你过来再细说。"

当天晚上，在横店影视城的一处拍摄基地，郁林见到了电话中年轻的副导演李佳和剧组其他人员，包括她非常熟悉的一个女明星、剧中的女主角。

然后，郁林见到了父亲——已经快半年没有见面的父亲。郁林入学后，一直没有回家，周末和短假期，她去做家教。只是隔上一小段时间，父女俩会通一次电话，内容也非常短暂，无非是父亲询问她"好吗？吃得怎样？生活习惯吗？注意安全"之类的话，家常、短暂。在这样的生活里，亲情已很少用语言去表达，已经成为心照不宣的习惯。但是郁林没想到，会在这里见到父亲。之前，父亲从来没有说过，只说还在小镇做零工。

父亲更瘦了，穿一件宽大的打了补丁的蓝色长袍——刚刚扮演群众演员，还没有来得及换衣服。郁林才知道，就在她去了省城读大学之后，父亲便来了横店。

是的，这么多年，父亲始终知道女儿心里，藏着一个很多女孩子都有的梦想，也始终惭愧于是自己的无能让女儿的梦想折翼。一个那样普通的他，不知该怎么帮助女儿，后来，他无意中听工地的老板说，现在这个社会，只要肯用心，什么奇迹都能发生。于是，父亲动了心，来了横店，这个离郁林梦想最近的地方。

开始，父亲在这里争取任何一个群众角色：被城管追赶的残疾小贩、被"日本鬼子"打骂的百姓、被主子呵斥的奴才、穿行于尘土中的农民工……左腿的残疾反倒成全父亲能充当有特殊要求的群众演员。而每一次，不论在哪个剧组，角色的出现有几秒钟还是一刹那，父亲都会"厚着脸皮"把郁林的照片想方设法递到导演跟前——离开家时，父亲洗印了几百张郁林的照片。然后那一天，在此剧中充当众多太监其中一个的父亲，把郁林的照片给了李佳。机缘巧合，正在为一个配角角色发愁的李佳，看到郁林，眼前一亮。

父亲说："林林，他们都说你漂亮呢，一定会有机会的。你看，他们说准了吧。"

父亲口中的他们，是和父亲一起漂在横店、为生存或梦想奔波的那些群众演员。

郁林却说不出一个字，她已哭得不能自已——这么多年，郁林自卑于梦想的渴望不可及，一直低低地蛰伏在命运的尘埃里；这么多年，父亲从来没有对她说过，她也从来都不知道，身体残疾的父亲，一直把她的梦想小心翼翼地捧在掌心，用心灌溉，直至发出青青嫩芽。

伸出手，郁林将父亲拥入怀中。就在这一刻，泪流满面的郁林，有一种飞翔般的轻盈，那是梦想实现的飞翔，无关结果。

留守的少年，你要抬头看看南飞的雁

爸爸的眼神，
沧桑而粗犷，
却充满无限自豪。

1

7月的一天，天蒙蒙亮，16岁的江夏和很多孩子一起上了一辆大巴，从老家苏北丰县的一个小村子，开始了朝着爸妈所在的苏州的"迁徙"之旅。

因为这样的"迁徙"，江夏他们被称为"小候鸟"。

这班车上，大多都是十岁以下的儿童，有一对姐弟，姐姐12岁，弟弟四岁。江夏，是其中年龄最大的一只"小候鸟"，也是一只"新候鸟"。那些孩子，大多都熟悉了这条漫长的路途，常常"迁徙"。只有江夏，第一次出远门，有些茫然。

江夏三岁的时候，爸妈就一起离开家去了苏州，把他留给了奶奶。成长的这些年，他对爸妈的印象极其浅淡——每年只在过年时会见上一面，也不过少少几天，甚至因为忙，爸妈有时过年都不回来，只把钱寄回来。

和所有留守的孩子一样，对这种常年和父母分离的生活现状，江夏没有任何发言权，唯一能做的只有接受。在没有父母呵护的生活里，江夏一天天成长，喜欢念书，不爱说话，常常想不起来爸妈的存在。

后来，镇上有人买了大巴，专门在假期运送江夏这样的留守孩子去和远方的父母团聚。开始，奶奶也赶着江夏去苏州，江夏却不肯，他的心底，对爸妈是有怨怼的：在那些缺席的家长会上、那些没有亲人掌声的领奖台上、跌伤了腿独自疼痛的夜晚，还有手忙脚乱的农忙时分……奶奶年纪越来越大，又有地里的庄稼要看管，很多时候顾不过来江夏。江夏六岁的时候，就学会了自己煮鸡蛋、摊面饼……被动地习惯了孤单。在少少的爸妈回来团聚的时间，江夏慢慢失去和他们亲近的愿望，更不要说去和他们团聚。

不亲近，不团聚，正是江夏对爸妈的抵抗。这个沉默的少年，心里一直是赌着气的。

但这一次，奶奶却坚决让江夏去苏州，一是江夏升入高中，假期漫长又没有作业。另外，奶奶想去邻县的姑姑家住一段日子，带着江夏不方便，又不放心他那么长时间一个人在家。并且江夏爸妈也一再来电话要求江夏过去，因为"他们刚刚在苏州买了一套房子"，让江夏一定去看看。电话里，妈妈说，房子，就是给江夏买的。

但这样的事，江夏并不动心，所以默不作声。只是不动心，却也被奶奶赶着动了身。

2

近十个小时的路程，满车的孩子都睡得东倒西歪，江夏一直醒着，沉默地观望窗外的风景，穿越过那些只在地图上熟悉的区域，茫然于和爸妈的见面。江夏完全不知道该如何和他们相处，并且一待就是那么多天。

黄昏的时候，大巴抵达苏州南门市场内的一块空地上。车外，已经有很多家长在等候，"小候鸟"们自拥挤的车厢内鱼贯而出，飞奔向久违的父母。江夏也在那片狭促的空地上，见到了已经分别两年多的爸妈。

因为忙碌，他们已经两个春节没有回家了。

如果不是妈妈喊了江夏的名字，江夏怀疑自己能否认出他们。同是40岁出头的爸妈，看上去沧桑、黝黑，脸上都布满皱纹，而爸爸的鬓角，也有了清晰凌乱的白发。

对江夏的到来，他们明显充满着欣喜和激动，妈妈拉着他不停地看，而爸爸，一下下拍着江夏的肩膀，说他长高了、长大了。

江夏的心，在血缘的包裹下忽然有些酸涩。他想起电视上那些四十岁出头的明星们，还都是年轻的模样，可是他的爸爸妈妈，他们在四十岁的时候，就这样沧桑地老去了。

但是不知道该说什么，于是江夏就一直沉默着，沉默地接受爸妈的亲近，然后，跟着他们回了家。

3

不过是老式楼房中一间十几个平方米的小房子，在市场墙外的一个旧居民区里。房间潮湿闷热，没有空调，头顶的吊扇年龄不会比江夏小，旋转时发出巨大的噪音。

一台小风扇是新买的，摆在上铺的床头——因为江夏的到来，爸爸特意在二手市场买了一张上下铺的木头床。

房间里几样简单的旧家具；一台老式的 21 寸彩色电视机；半敞的简易衣柜里挂着一排廉价的衣服，冬季的杯子、衣物用编织袋装了放在角落，比江夏和奶奶乡下的居住环境差许多。厕所在一百多米外的巷口，没有厨房，过道里有一个煤气炉，三两样灶具漆黑陈旧。一只小冰箱也是老式的，在爸爸拉开取东西时，江夏扫了一眼，里面摆着的，只有剩饭菜。

这就是爸爸妈妈在城里的生活，远比江夏想象中简陋。

那天晚上，妈妈没有在家做饭，他们换了衣服，带着江夏出去吃了晚饭。

苏州的夜晚霓虹闪烁，这个城市，比江夏想象中更加华美。爸爸选了一个离家不远的饭馆，一家三口在角落的小位子上坐下来。妈妈点了几个菜，爸爸要了两瓶啤酒。

眼前的空盘子里，很快堆满了妈妈夹过来的菜。江夏吃得却不多，菜的味道偏甜，不合他的胃口，另外，他也看到了菜单上菜品昂贵的价格，还看到了妈妈点菜时的小心翼翼——显然，很多菜，妈妈根本不知道是什么，江夏能感觉得到，他们和他一样，和这个城市格格不入，甚至服务生的眼神里，都透着一种淡淡的鄙夷。

但因为江夏的到来，爸妈还是很高兴，妈妈不停地问东问西，询问奶奶的身体、地里的庄稼、老家的雨水、江夏的功课……絮絮叨叨。爸爸的话题却完全不同，他告诉江夏，三年前终于盘了这个店铺，以前，只有一个两米长的摊位儿，现在终于也当老板了，每天的利润比以前翻了好几倍……

爸爸的语气充满一个男人的自豪，但爸妈到底可以赚多少钱，江夏不得而知，只是本能感觉到他们赚钱的不易和花钱的小心。

菜还是剩下了一些，妈妈打了包，拎了回去。

路途的劳累，那晚，江夏还是早早睡了过去，不知道睡了多久，听到爸妈低声说话的声音，江夏醒了，借着窗外透过的微光看了看时间，不过早上四点半。爸爸妈妈，却已经收拾妥当出门了。

那么早！江夏惊讶。

4

那天起，江夏看到了爸妈生活的全部内容。

每天早上四点多一点，爸妈起床，爸爸去更大的批发市场进货，妈妈去店里开门——苏州人喜欢赶早市，太阳出来之前就把菜买完了。妈妈说，十几年前刚来的时候，摆小摊儿卖蔬菜，每天深夜两点左右就要去进货，现在好多了……

爸妈的店铺，七八个平方米，在苏州拥挤的南门市场内，门面房一排挨着一排，一间挨着一间，川流的人群带着江夏熟悉的家乡人的气息，在炎热的夏季，他们个个面容黝黑，衣衫汗渍斑斑……

忙碌过早上的高峰期，爸妈把货理好，妈妈接待白天来买货的零散的顾客，爸爸则骑着那辆电动车去给订货的饭馆、KTV 送货，顺带招揽生意。跑上两趟回来给车充电。午餐是雷打不动的盒饭，因为江夏在，妈妈会要一份 18 元的，有两样荤菜，鱼块或者红烧肉。爸妈则是 10 元一份的素菜套餐，额外多要一份米饭。

在和苏州本地人的交往中，爸妈都说一口流利的苏州话，江夏几乎半句都听不懂，但是，他却可以自眼神和口吻中听出南方人的计较和刁钻。所以，爸妈整天都赔着笑脸，而送货的爸爸的口头语是"和气生财"，但江夏知道，那一番和气里，有太多隐忍和无奈。

唯一放松的是晚餐时间，一般都要到晚上 8 点以后才能吃晚饭，妈妈做两个简单的菜，爸爸喝一瓶廉价啤酒，然后两人对着发发牢骚。

也只是发发牢骚，第二天一大早，两人又精神百倍地出门了。

没有周末、没有节假日、每天工作超过 12 个小时，这个城市那么著名的园林，13 年来爸妈从来没有去过一次。城市的繁华和优美与他们无关，他们只是每天低着头，在这个简陋的角落赚取着每一分能赚的、节省下每一分能节省的钱，然后，妈妈把它们存起来。

市场对面的储蓄所，是妈妈最常去也最爱去的地方，储蓄所的营业员都认得妈妈，开玩笑地叫她老板娘。那天，办理业务的女孩问妈妈，老板娘，攒够房款了吧？

妈妈黝黑的面容便笑成了一朵花，连声应着，买了、买了，给儿子买的。然后把江夏推过来介绍给人家。

江夏一下脸红了，躲了出去。

但爸妈的自豪却是清晰的，他们抽空带着江夏去看了那套快到城郊的房子。房子还在建设中，是高层，70平方米的小户型，却要上百万的房款。妈妈拉着江夏的手说，儿子，一定考到苏州来念书，这房子，留着以后你娶媳妇。

爸说，再过几年，这里也发展起来了，就不偏远了，不管怎样，都有城市户口的。

江夏不语，心里有种酸酸软软的感觉。

一个月后的早上，还是来时那辆大巴，江夏和同来的"小候鸟"们踏上了归途。只是坐在同样位置的江夏，眼神里不再有茫然。

5

那天，放学途中，江夏忽然听到天空的鸟鸣，抬起头，看到一群南飞的大雁。

已经是深秋了。

江夏停下来，看着领头的身形健硕的大雁和队伍中那些年轻的小雁，排得那么坚定整齐，朝着它们的目标，渐行渐远。他想起回来的时候，爸爸说，我们做了十几年的"候鸟"，就是为了以后让你不用再当"小候鸟"，可以做个名副其实的城里人。不管我和你妈怎么辛苦，都值了。

爸爸的眼神，沧桑而粗粝，却充满无限自豪。

大雁的鸣叫声里，江夏眼中忽然就噙满了泪水。那一刻，他终于懂得了候鸟的爱。

有一份亲情，请来领取

他一直站在那里，
以父亲的名义，
只等素以需要时去领取。

1

没想到那么紧要的时候，素以摸起电话拨打的不是 120，而是打给了他。

夜晚 11 点，他应该已经睡了吧？电话却习惯地开着，振铃两声后便接起来。

"爸。"素以脱口喊他一声，声音颤颤，哭腔明显。

他立刻清醒："素以，别着急，出什么事了？"

素以依旧语无伦次，讲述母亲刚刚晕倒的情形，他听了几句，飞快打断素以，令她放下电话去找速效救心丸给母亲服用，又叮嘱素以让母亲躺卧，不可移动，等救护人员。

素以丢了电话奔到电视机柜下面的抽屉翻出药箱。还好，母亲退休后，一次查体查出心血管有点问题，之后便常备速效救心丸。素以把药按照他叮嘱的给母亲服下，几分钟后，听到救护车的声音传了过来。

很快，母亲被送到市人民医院急诊，他也已经赶到，在随车医护人员的紧急处理中，母亲已经苏醒，做了例行检查，诊断结果出来，如他所料：心梗。需要打支架。

素以的手一抖，诊断书掉落下来。

"别怕。"他拍拍素以的肩，"是个小手术，我来做，你放心。素以，你信我的是吗？"

他的口吻笃定，眼神温暖。

素以忽然平静下来。

是的，素以相信他。以至于在母亲因突发心梗晕倒前，本能反应是向他求助。但也直到这一刻，素以才意识到自己的唐突，这个慈祥温雅的男子，尽管自己曾经叫了他两年的爸爸，可是三个月前，素以已和秦凯离婚，所以和他，也已经不再有任何关系。

想起那一刻在电话里带着哭音大声喊他"爸爸"，素以尴尬凸显。

他好似完全不觉，只在素以平静后，仔细询问母亲发病前的症状，问到之前是否肩膀或背痛，是否疲劳、心慌。素以只是摇头，那日下班后我跟同事在外面吃饭，回到家中母亲已经睡下。中途她起来去洗手间，走到门边，突然晕倒。因为第二日是周末，我睡得迟，正在看电视，因此察觉。

"万幸。"听完素以讲述，他轻轻舒口气，"如果当时没发现，后果不堪设想。"又安慰素以，"你也别太担心，以后多多留意就是。"

素以点点头，想对他说声谢谢，却没有说出来，突然不知道用哪一种称呼更合适。

他再次拍拍素以的肩："没事的，我去准备手术。"

在他转身离去后，素以的眼泪突然掉了下来。

2

手术很快进行，由他主刀。

他说危险性不很大，却还是用了四个多小时，他走出手术室时，天已经亮了。坐下来，除去口罩，他的神情中凸显深深疲态。

素以记得他大自己 30 岁，也是 58 岁的年纪了。这几年，他已很少再上手术台，年轻的医生一拨一拨顶上来。这一次，不外乎是为着素以的缘故。

母亲还需要在医院住些时日，他缓缓叮嘱素以术后饮食、情绪安抚等注意事项，职业语言，声线中充满温情。

素以一一点头应着，他平日里并不是话多的人，但这次，事无巨细，要等到好半天，素以也才可以对他说："……爸，谢谢您。"

素以不知道还能怎么称呼他，毕竟叫了整整两年的爸爸。离婚至今，素以没有再和他见过面，也没想过会见面，所以，更没有想过，若他日再见，如何称呼。

或者心底，素以还是更愿意这样叫他。

他看向素以，微笑："既然还叫我爸，有什么好谢？"

素以再度红了眼圈。

不过午后，他便回到医院。小憩过，他的气色看上去好了许多。

支架手术对身体的伤害性不大，母亲睡足一觉，气色亦好许多。

他拉了一张椅子坐下来，跟母亲聊几句她的病情，有安慰，有叮嘱。又聊了几句寻常的话，只字未提素以和秦凯已经破碎的婚姻，中间，素以给他倒了杯水，递过去，唤了他一声。他那么自然地应着，神情不见丝毫异样。

坐了半个小时的样子，他方离开。

母亲叹口气。

素以握一下妈的手："妈，别想那么多。"

母亲摇头："虽然这事不是你的错，但还是觉得有点儿对不住他。秦凯爸爸那么好的人。"

母亲没有再说下去。

但是母亲没有说错，他是那么好的人。

3

素以还记得和他初次见面的情形。

是在一家西餐店，秦凯说，是他选的地方。那天下午，素以跟秦凯到达时，他们夫妇已经早早等候在那里。他五十多岁的年纪，略清瘦，鬓角已有清晰白发，戴无框的眼镜，西装革履，笑容温和，非常儒雅。远远看到素以便起了身，亲切招呼："素以是吧？来，快来坐。"

那种气质，那种笑容，符合素以对一个外科医生和一个父亲的全部想象。

素以父亲离开时，她只有六岁多一点，对父亲生前的相貌、气质，已经记不清楚，但不知怎么，却感觉若父亲在，也该是这个样子。

反倒是秦凯妈妈，虽也礼貌客套，但总给人一种高高在上的压力感，并且，素以感觉得出来，对自己和秦凯的交往，秦凯妈妈并不那么满意，如母亲所说，两家不算门当户对。母亲半生从事的职业，不过是一家小企业的会计，素以家境平平，生活简薄。而秦凯爸爸，市医院的知名专家，秦凯妈妈在高校任教，他自小家境优越。

素以不是不明白这一点，甚至在和秦凯的交往中，他也常常会不自然地流露出一种习惯的优越感，但除此，秦凯待素以极好，誓要娶素以为妻。

所以决定了去见彼此家人，决定了在一起。

一顿饭，他含蓄又真诚地给了素以许多叮嘱和祝福，并一次次及时又不动声色地打断了秦凯妈妈试图说的某些话。他令素以那顿饭吃得稳妥，没有丝毫为难。后来素以听见他同秦凯说："当初秦凯要是个女孩子多好，我就喜欢女儿。以后，咱也有闺女了。"

秦凯妈妈便转头，朝素以笑笑。

素以也笑，心底有一种从来不曾有过的温暖。他和秦凯并肩而立，在那一刻让素以觉得人生充满安全感。

4

就嫁了。

婚后并没有同秦凯爸妈生活在一起，他们是那种新派的父母，更赞同子女结婚后自立。只是在周末，两人会回去待一天。

若不值班，一般是他主厨。他有一双灵巧双手，既拿得了手术刀，也拿得了炒勺。常常会向秦凯询问素以的喜好，后来干脆会提前打电话给素以："周末想吃啥？"

不知为什么，素以会毫不犹豫跟他提各种要求。有一次，素以说得太快，听到电话那端，他忽然着急地说："你等等，等等，我找笔和本子记下来。"

素以愣了一下，随即哈哈大笑起来。

为此他学会了做香辣鱼、水煮肉片、麻辣小面、青菜辣锅……满足素以对辣味的贪婪。

秦凯都为此嫉妒我，有次一起吃饭直接抗议："爸，你对素以可比对我好。"

他丝毫不接受："那又怎样？谁让你是男孩了？"

秦凯妈妈打圆场："你爸重女轻男嘛……"

看，也有过天伦之乐的好时光。甚至后来，朋友、同学、同事常常会找到素以，让她帮忙弄个床位或者联系一下其他科室的专家。为此，素以频繁"叨扰"他，随时会把电话打过去："那个，爸，帮个忙呗。"以至于公司来了新人，听过两次素以和他打电话后，羡慕地说："姐，你跟你爸关系真好。我爸脾气就没那么好，说几句就烦了……"

当时，素以笑了半天，最后差点笑出了眼泪。

也会在父亲节发朋友圈：老爸，节日快乐。

素以曾梦想生活会这样下去，过一两年，和秦凯有一个孩子，而他也已退休，带着孩子去公园，去动物园，去迪斯尼……因为他，素以选择包容秦凯婚后那些渐渐显露的小问题，懒惰、不上进、偶尔酗酒、彻夜玩游戏……直到后来，他和一个游戏伙伴走到了一起，那个90后的姑娘，张扬地将他们的照片打包发给了素以。

很快办理了离婚手续。同样因为他，素以没有跟秦凯打闹，没有将真相公之于世，甚至没有对秦凯提出任何经济要求，只把属于自己的东西带走了。

他是几天后知道的，那天晚上，这个年近六旬、始终没有学会发短消息的男人，给素以发来一句话：素以，爸爸对不起你。

八个字，让素以哭到不能自已，只觉得那一刻是那么心疼，不是为失去的婚姻，而是为失去了他。为在自己的人生中，又一次失去了爸爸这个称谓。

那时知晓了世事无常，而此时，却知晓了人生无处不相逢。

5

素以母亲住院的日子，他早早晚晚会过来坐坐，有时带一捧鲜花，有时是水果，而大多时候，是麻辣小面、麻辣鱼、水煮肉片、白米粥……素以熟悉的他亲手制作的味道。

每次，他不说什么，把那些食物放下。素以会在他离开后大口大口地吃完，吃到一点儿不剩。然后把餐具清洗干净，等他再过来时带走。

素以依旧叫他爸爸，彼此心照不宣地用这种方式继续着已经断裂又被重新黏合的情感。

同病房的人始终猜测不出素以和他真正的关系，有个阿姨实在耐不住好奇，有一次，干脆问素以母亲。母亲笑了笑，这样回答对方："秦医生是素以同学的爸爸，她从小跟着同学叫人家爸爸，叫了这么多年。"

素以听了，忍不住扑哧一乐。母亲学会撒谎了，不过这个谎言，有温度，有温情。

半个月后，母亲出院，非常巧，那日正是6月的第三个星期日，父亲节。素以想了想，依旧发了这样一条朋友圈:老爸，节日快乐。

然后买了两件衬衫拿去给他。

朝他走去时，素以心里充满簇新的欢喜，她知道失去的已经失去，可是却把他找了回来。确切说，是他一直站在那里，以父亲的名义，只等素以需要时去领取。

让我陪你衣锦还乡

走过黄昏，
走过黎明，
走过风霜雨雪的春夏秋冬，
总会有人，
陪你衣锦还乡。

比美更好的是美好

那种美好，
所到之处，
足以令珠光宝气黯然失色。

有那么一段时间，我有些留意同单元居住的一个女孩子。

年轻，二十三四岁的样子，相貌平平，不过是爱笑的模样，见了人，并不主动寒暄，但是会礼貌地在脸上洋溢起温和的笑容。而我留意她，是因为无意中发现，她从不像这个单元的其他人，包括我，每次开了楼道的大铁门后走出去，即刻松开开门的手，任由大门自由关闭，发出震耳声响。

每一次，她总是回过身，慢慢用手带着铁门，让门轻轻关上，无声无息，然后，她才会离开——因几乎都是同一时间出门，于是遇见就成了寻常事，有时候，差不多是一起走出楼道门的，而每次出门后习惯地快步前行时，会发觉她被落在了后面，而大铁门，亦没有发出我熟悉的震耳的声响。

后来发现，原来是她在轻轻关门。

有些意外。那么长时间了，没有人像她这样，也没有人觉得那样关门有什么不妥。好似这个年代，每个人的脚步都那么匆忙，无论是朝九晚五的白领还是读书的孩子，都马不停蹄，门在身后如何关闭，我们都已习惯了不管不问，不去回头。

她却不同，她不仅愿意回头，还愿意那么温和地去做一件别人都不会留意的事。而她那么做的结果，便是让一楼的住户，少了一次被噪音的侵扰。

许是她的缘故，后来慢慢地，我也开始用她的方式去关那扇沉重的铁门，然后慢慢地，也有别的邻居被她感染，也开始在铁门边停下来，用手慢慢带上，不再任由它发出重重关闭的剧烈声响。

一下子，早晚熙攘的光阴，好似安静了许多，她依旧微笑着独自出入，不言不语。

慢慢觉得她真好，并不很美，可是那么好，她那么年轻呢，但是安静、温和又自律，让我觉得美好。

她展示的，是一个女孩子的素质之美。

有一次出差，要去的城市没有通高铁，所以买了夜晚的卧铺。

那晚，大概快到熄灯时间了，相邻卧铺有个小孩子不知怎么了，一直在哭闹，她的母亲怎么哄劝都不管用。

245

孩子哭闹声尖厉持久，旁边的乘客都在抱怨，也有一对年轻情侣，着急了，直接过去责备孩子母亲，要她带好孩子，不要影响别人休息……

孩子的母亲不停道歉，但小孩子却是闹得没完没了。

我亦有些焦躁，那次出差前工作压力大，身心疲倦，原本是想上了车好好睡一觉的，没想又被打扰，嘴上不说，心里也有埋怨。

后来，隔壁铺位一个大学生模样的女孩子走了过去，在孩子和母亲身边坐下，陪着母亲一起哄起了孩子。

她竟很有办法，不知低声和孩子说了些什么，然后又在自己的包包里拿出糖果和一条长长的皮筋来，然后，借着通道的微光，她教孩子玩起了翻皮筋的游戏。

她竟然哄住了那小孩子，哄得她安静下来，跟着她学起了翻皮筋，却不再闹腾。

不知道过了多久，我在睡去一觉后醒来去洗手间，发现那孩子已经跟着母亲睡熟了，而那个女孩子，却还坐在车厢边凳上静静地玩着手机。

那一刻，发觉手机的微光里，她的面容如此静好，好得令我惭愧于自己的浮躁和不够宽容。

她展示的，一个女孩子的善良之美。

还有一次，我以记者的身份应邀参加某珠宝店新店开张的宴会。

宴会设在一家豪华酒店，来客聚集了各路富家女。那些富家女，几乎个个披金戴银、熠熠生辉，言谈中，也抓住一切机会炫首饰、炫老公、炫出国、炫购物……直看得我眼花缭乱。

然后，在招展的花红柳绿中，我看到她，一个二十七八岁的女子，白衫黑裤，清爽短发，除了袖口若隐若现的一只银色的腕表，其他一点首饰都无。素面、洁净又气度不凡。

如此素净的她，却并没有选择寂静于角落，而是素净地穿梭于这些璀璨的身影间，微笑着礼貌寒暄。

后来知道，她才是这场宴会的主角，是这家知名珠宝店的主人，是真真正正的富家女。她握着丰厚的财富，却静静地置身于富贵的华丽之外，不炫耀自己，也不鄙视旁人，只是坚持着遗世而独立的美好。

那种美好，所到之处，足以令珠光宝气黯然失色。

她展示的，是一个女子的低调之美。

她，她们，给我的印象不同，却同样美好。比美更好的美好。如同我们在媒体中看到的那些"最美妈妈""最美女护士""最美记者"……她们的美，也正是美好的美。而美好之美，才更加动人心魄。

你出身平凡，也可以很高贵

我常常躲在自己的角落，
看她们高贵的风姿，
看她们成为世代女子的榜样。
愿高贵的女子永存。

1

周末，陪好友去探望她的姨妈。

好友和姨妈感情深厚，这些年，姨妈其实也像我的姨妈，我们常常会在周末去蹭饭——姨妈身体康健时，做一手好饭菜，热情又耐心，是我们喜欢的长辈。

其实姨妈还不到五十岁，却已是肝癌晚期，来日已不多。

曾经，也见过一些这种情景下的病人，被病痛折磨许久，身心都已不堪。为此，一路上我都提着心，不知道这样情形，她该是怎样的消瘦憔悴、哀怨消沉。

248

却全然不是我想象，除了消瘦。

姨妈真的已经非常瘦弱，瘦到了极限，面色也略显苍白，但，显然精心打扮过。因为化疗，头发已经脱落，于是戴了顶朱红色的帽子，有小小边檐那种，很配她的脸形。打了浅浅腮红和口红，苍白中显出几分一个女人艳丽的生动。衣服也是红色的，那种大红的羊毛开衫，配了黑色长裙。裙裾上有绣的小朵的牡丹，神情也是平静的——丝毫不像病人，那份精致和精气神，倒像要上舞台的演员，似有一出《贵妃醉酒》或《牡丹亭》已在锣鼓声里拉开帷幕。

姨妈起身迎接我们，打招呼，并没有病人的虚弱，抬手举足不急不缓，反倒有几分从容优雅，又带出几分脱俗高贵。

在姨妈家停留了半个小时的样子，姨妈没有半句提及自己的病情，没有丝毫即将走到尽头的恐惧和哀怨、悲伤，却跟我们聊正热播的偶像剧，聊她喜欢的演员，聊最近刚刚学会的一道美食……只是在最后，姨妈说："以后你们要去看我，不要带菊花，我不喜欢，也不要玫瑰，我也不喜欢。要百合，勿忘我也好，还要给我听一听我没有听过的新歌，要在有阳光的时候去啊，我不喜欢阴雨天呢……"

不知怎么，姨妈在微笑地轻轻地说着，而我背过身，眼泪忽然就落了满脸。

离开姨妈家，路上，心有些温软的疼。却轻轻想起去世多年的太奶奶。

2

从我有清晰记忆起，太奶奶已经很老了。

她是旧年代的那种老妇人，小脚，绾发，发上总是插手工的做工精巧的银簪子，冬天穿黑色或藏蓝色斜襟衫子。夏季，便是月白色的薄衫。黑色布鞋，纯白棉布的袜子，衣襟上，挂一枚白色手帕——所有衣饰，都是太奶奶自己制作的。直到后来很老很老了，她也只穿自己缝的衫、自己做的鞋，别人的手工或者机器制作，她是不入眼的。包括梳头发，太奶奶也一直依靠自己。

她那一头茂密银发干净整齐，永远纹丝不乱。

但这样讲究的太奶奶，当年却并非大户人家的女子。她出身平常，小镇人家，家境平平，后来嫁给太爷爷，日子越发拮据，除了那支陪嫁的银簪子，此后的许多年，衣服上，也都是带着补丁的。

但，据说太奶奶衣上的补丁都是非同寻常的，她会将那同色的布剪成花的模样贴在破碎处，细密的针脚，倒像刻意缝制，很是讲究。

太奶奶后半生，一直住在多年的旧瓦房里，房子低矮阴暗，却干净整洁。几件褪去原色的旧家具上，永远是纤尘不染。连小小的低矮的厨房里，用来烧火的树枝杂草，都归拢得整整齐齐。

太奶奶的生活简朴到近乎拮据，却永远保持着一种干净气息，即使一碗简单的手工面，也会做得均匀有秩。厨房里只有一个手砌的简陋灶台，我记得太奶奶每次做饭时，会在鞋尖上蒙两块小手帕，以免烟灰落到鞋子上。

直到去世，太奶奶的屋里始终散发着淡淡的清雅香气。

长大后，我觉得那实在是个高贵的老人。她留给我的最后的记忆，便是高贵。

3

由此也想起刘若英曾经描述自己有着高贵出身的奶奶。

在刘若英的文字里，奶奶直到老去也是坐有坐姿，站有站样，从不慵懒懈怠，一辈子，都要穿旗袍和丝袜，出门前都要化妆。即使不在人前，也要保持着与生俱来的优雅和高贵。

是了，就是这几个字——与生俱来。并不是刘若英那个名门出身的奶奶，而是我贫穷一生却精致一生的太奶奶，是病入膏肓却依然优雅的好友的姨妈，让我知道了，女子的高贵其实与生俱来。它是一个女人骨子里的气质。又在后天时时保持和修炼，无论在任何处境下，高贵都如影随形。

我知道那些无论在任何处境下、无论年轻苍老、无论贫穷富贵，都保持着从容淡定、一丝不苟的女子，她们都是高贵的。

或者，每一个女子天生都高贵的，只是大多忽视了这一点，或在后天庸碌的生活里自动放弃了。

我自己亦是如此，自知是个凡俗慵懒的女子，常常不洗脸就出门、穿着球鞋却不穿袜子；常常遇小恙便悲、遇小坎便怒；贪小财、偷小懒、喜怒不自律……我知道我做不成她们，我没有那份大气的定力。可是我真的喜欢她们，我常常躲在自己的角落，看她们高贵的风姿，看她们成为世代女子的榜样。

愿高贵的女子永存。

让我陪你衣锦还乡

"那你就完全信任我吗？
不怕我多吃多占？"
"完全信任。"

1

终于看到"三人行"，终于开始搞团购活动，每份可以节省十元左右。小夕二话不说，当即团了一百份。

"三人行"是小夕单位附近的一家煲仔饭小店。煲仔饭是小夕多年的最爱，而毫不夸张，"三人行"是小夕这些年吃过的味道最好的一家店。只是，当一百组不同的验证码发到小夕手机上之后，她有点儿傻。吃一顿饭验证一组，的确有点儿麻烦。小夕决定中午去吃饭的时候，看看店里有什么好的解决办法。

"三人行"的铺面不算大，只放得下十几张小桌。生意好，常常需要等台。店里的服务生据说都是在校大学生过来打零工，个个面容清秀，干净利落。

收银台的男孩年龄二十五六岁的样子，同样有张清秀的面容，那日，当小夕验证过第一份煲仔饭的验证码后，也顺便提出了自己的困顿。

男孩探头看一眼小夕手机短信密密麻麻的号码，不由乐了："你怎么团那么多？"

"卖东西还有嫌卖多的？"小夕撇嘴，"再说，我都吃了半年了，你们才第一次做团购，万一以后不做了呢。"

男孩挠头："本来不想做活动的，是网站竭力请求，不得已。其实团购利润真不大……"

小夕没想到他会跟她絮叨这事儿，不过她才不管呢，她关心的是这一百份团购券，难不成真来一次验一次吗？于是又问了一遍。

男孩又挠头，显然，是习惯，然后说："干脆你一次全部验证完，以后只管来吃就是了，你自己记好次数，别亏了就成。"

"那怎么行？"小夕愕然，"万一哪天我来，你们不认账怎么办？"

男孩笑起来："所以，这是一件需要相互信任的事，你信任我就行。"

这男孩，话说得倒是大方，小夕眨眨眼："那你就完全信任我吗？不怕我多吃多占。"

"完全信任。"男孩一脸诚恳，"放心吧，我们不会赖账，我也信得过你，何小夕。"

小夕吓一跳："你怎么知道我名字？"

男孩有些不好意思地笑起来："那次你跟同事来，听他们喊你，就知道了。"他也忽然眨眨眼，"据说记住顾客的名字是服务之道，嘿嘿。"

这时，有服务生唤她，煲仔饭已上桌。小夕应了一声，把手机递给收银的男孩："那麻烦你，不忙的时候帮我都验证完吧。"

2

虽是团购，煲仔饭的味道一如既往。小夕知道很多饭馆把团餐偷工减料以节省成本，"三人行"却并不搞这样的小花招，显然老板是个有诚信的生意人。

小夕吃得心满意足，欲起身时，服务员小弟递过来一杯鲜榨玉米汁："本店送的。"

"为什么？"小夕意外。

"因为……"男孩转头看向收银台，"我们老板蒋乐说，一次团购一百份的顾客，可以享受 VIP 待遇，有果汁奉送。"

老板？小夕没想到，收银的清秀男生会是老板，他也有点儿……年轻了。小夕不动声色地将那一小杯玉米汁喝完，真心觉得味道不错。然后走到那个叫蒋乐的男孩身前："谢谢。"伸手取过收银机旁自己的手机。

"不客气。"蒋乐看着小夕笑，"以后，你无须参加我们店里任何团购活动，等你把这一百份消费完，本店会赠你一张贵宾卡，享受 7 折待遇。"

小夕再度愕然："为何？"

"因为你是团购了一百份的客人啊？大抵不会有别的客人如此抬爱小店了。"说着，蒋乐晃晃自己的手机，"不好意思，我刚才存了你的号码。对了，我叫蒋乐。"

"我知道了。"小夕也晃晃手机，"谢谢优待。"

3

那以后，小夕每次吃完一份煲仔饭，都有一杯鲜榨果汁奉上。蒋乐也说到做到，从来没有问过她吃了多少份。当然，小夕自己会记下来，不是怕吃亏，而是怕不留神占了便宜。自己的待遇已经够好，小夕留意到，其他客人都没有果汁喝。于是有一次，小夕还是忍不住对蒋乐说："别再送果汁了,这样你们可真赔了。"

蒋乐却态度坚决："做生意哪能出尔反尔？"

"可是其他顾客都没有。"小夕说出自己的看法，"这样会让其他客人觉得不公正。"

蒋乐又挠头："除了你，没有别的客人一次团购一百份。不过你提醒得对，所有一次消费达到一定数额的客人，以后都有果汁送。这样可好？"

竟好似小夕商量一般。

小夕笑起来，觉得这个蒋乐，做生意真有天分，脑子转得够快。

果然，之后，小夕也会看到有其他顾客享受餐后果汁，蒋乐的生意越发好起来，有段时间，常常需要等台子。蒋乐便同小夕说："不如你哪次来之前，发个信息给我，可以告诉你上座情况。"

小夕想想，倒是可行。

便从那日起，小夕和蒋乐有了信息往来，有时候蒋乐不说什么，只发一张"三人行"的图片过来，或人满为患，或有三两空位。

蒋乐的方式，让小夕觉得舒服。

小夕偶尔也带三两个同事一起去吃，一百份团购券，不到两个月竟也消费完了。蒋乐当即给小夕办理了一张7折卡。那天，小夕拿着卡回单位跟同事显摆，一个同事听完笑起来："小夕，你干脆嫁给煲仔饭小子算了，什么卡都不用办了，免费吃一辈子。"

小夕听了也笑。本来，就是年轻的同事间爱开的玩笑罢了。但是那天晚上，同事的玩笑却又在小夕脑子里无端过了一遍。

过完之后，小夕倒是怔了片刻。

然后，便兀自笑起来，作为武大经济院校毕业的高才生，现在某银行信贷部的小白领，小夕怎么会和一个小店铺的老板有故事呢？倒不是势利，感情的事，本就要求双方所受的教育、人生观、价值观的势均力敌。

这一点，小夕还是清楚的。虽然她的确不讨厌蒋乐，蒋乐比她身边那些同事或者客户之类的异性，看上去都舒服，热情不失礼貌，彬彬有礼又进退合宜，但不管怎样，小夕感情世界里的那个人，不会是他。

可是终归是有了一点儿小想法，小夕开始刻意不再那么频繁地光顾"三人行"了。原以为蒋乐会问她缘由，但并没有，他从来不拿吃饭之外的事叨扰她，这倒让小夕觉得，是她自己想多了——蒋乐对她好，应该只是一个生意人再正常不过的热情周到而已。

4

然后，春节就临近了，小夕提早订了回荆门的车票，那是小夕出生和成长的城市，是小夕的家。

订过票后的那个中午，小夕忽然想吃煲仔饭，便去了。想了想，倒也有一个星期没有光顾了。

小夕进门时，蒋乐正在一张纸上写着什么。探头去看，是一份启事：春节本店放假，初九开业，请诸位亲相互转告。

小夕倒是愣了一下，不由问："放那么久？得少赚多少钱啊？"

蒋乐抬起头来，看到小夕，笑起来："钱哪能赚得完？再说，我已经三年没回家陪爸妈了。今年，无论如何要回家过年。"

记起之前闲聊，蒋乐说，"三人行"已经开了三年，当初合伙的另外两人，因为有段时间生意不好做都撤股走人了，剩蒋乐自己坚持了下来……只是小夕没想到，为了把店开起来，蒋乐竟然三年没回家了，当真该回去看看了。也难得蒋乐如此想得开。小夕也笑起来，半开玩笑说："可是要衣锦还乡？"

"说得好。"蒋乐拍拍手，"那就衣锦还乡。"

"家是哪里？"小夕随口问，"远吗？"

"荆门。"蒋乐答，"不远。"

小夕讶异："啊，我们是老乡。"

"对啊，是老乡。小夕，我可以顺路带你一起回家过年。"蒋乐却丝毫不意外，"如果你愿意。"

小夕怔住，看样子，蒋乐所了解的她，比她想象中多得多。但是，为什么呢？

就在小夕发愣的时候，蒋乐从身后裤兜里掏出自己的钱夹，打开，递给小夕。

小夕疑惑着接过来，然后就在蒋乐钱夹的夹层，看到了一张一寸彩色小照。照片中白衬衫、扎马尾的姑娘，正是曾经的小夕。

小夕记起来，那是读大二时，她的一篇论文获奖后贴在学校宣传栏的照片。只是第二天，照片忽然不见了，当时学校还进行了一番调查，却没查出结果……但怎么会这样呢？

蒋乐说："我毕业前夕，在武大的一个宣传栏看到了你的照片和简介。不知怎么，一下就动了把照片偷出来的念头。我长这么大就偷了这一次东西，很成功。不成功的是毕业后的就业，屡屡碰壁后，我和两个同学合伙开了这家'三人行'。我就是想自己做点儿什么，把它做好……小夕，其实从你第一次来，我就认出了你，当时就想，缘分啊。只是……我一直犹豫能不能追你，虽曾是未谋面的学兄学妹，但如今，你可是个小白领……"

说着，蒋乐挠头，笑起来。

小夕无语，看着眼前这个清秀的男孩，想着在某个夜晚，他独自小心翼翼地用工具打开宣传栏，小心翼翼摘下她的照片，又小心翼翼珍藏了这么久……小夕的心，就轻轻地柔软起来。又甜蜜，又柔软。是啊，如果这还不叫缘分，那么这世上，还有什么是缘分呢？片刻，小夕抬起头来："好吧，那就让我陪你衣锦还乡。"

我见过这世上最好的爱情

我爸离开那一天，
她并没有深刻地悲伤，
没有号啕失态，
她就是静静地，
看着他走了。

1

我家惯例，我休假回家的第一顿晚餐，是水饺。

我妈和面、我哥调馅儿，我嫂子等着包，我窝在沙发上看电视。

馅儿是白菜猪肉的，加一点韭菜提鲜，我们全家人的最爱。我妈边和面边对我哥说："少放盐啊，你爸口味淡，哪次馅儿咸了就生气。"

我愣了一下，转过头去看了他们一眼。我哥却没有半点迟疑，利落答应着："知道啦。"

显然这件事儿，我妈唠叨得不少。

随后侄女娃娃回来，在她写作业的空间，一家人忙乎着包完了水饺。我妈把水饺煮出来后，装了第一盘，在厨房探头喊我侄女："娃娃，快去，给爷爷端水饺。"

小丫头脆生生答应着，飞快跑出来，然后小心地端着那盘热气腾腾的水饺，放到卧室摆放的那张半人高的五斗柜上，我爸一张笑眯眯的照片旁，在那里念叨："爷爷，吃水饺吧，奶奶说是猪肉白菜的，放了一点点韭菜，不咸……等着，我去拿筷子，对了，还有醋……"

7 岁的小孩子，语言表达能力已经非常好，熟练地在那里自言自语，显然已经熟悉了这样的场景。

我站在卧室门边，看到她甚至晓得将几个水饺用筷子拨开……

吃饭时，我哥开了一瓶红酒，倒满的第一杯，嫂子端过去放在我爸照片下水饺盘的旁边。然后，我妈跟我们说了几句话，端起水饺去了卧室。

我们几个对视片刻，无语，轻轻碰了一下酒杯。

2

晚饭后，我哥一家离开。我妈让我踩着梯子，取下了放在大衣柜顶端压缩袋里的厚被子。天冷了，到了更换厚被子的时间。

我妈将被子打开，掸平，铺在床的右侧、靠窗的那一边，对我说："这是前段时间刚套的被子，用了今年下来的新棉花。"

簇新的厚被子铺在那里，依稀可以嗅到新棉好闻的味道，无端便让人觉得暖。

枕头照例一边一个，一边两个摆在一起——从 2008 年开始，我爸查出慢性阻塞性肺炎，为让呼吸顺畅，晚上睡觉的时候，需要将枕头垫高，不能再完全平躺。

两个枕头都有些旧了，那种填充了荞麦皮的老式样，几年前我妈自己做的。我爸一直不喜欢现今出售的各种枕头，即使住院的时候，也一定要带了家里的枕头过去。

我伸手摸摸被子问我妈："会不会厚了点儿？"

"不厚。"妈抬起头看我一眼，"这两年，你爸身体不好，比我都怕冷，都是立冬过后就换厚被子。昨天晚上，你爸跟我说他觉得有点凉了。"

说完，我妈笑了笑。

我也笑笑，是啊，已经立冬了。然后我们不约而同在床边坐下来，我问她："你又梦到我爸了？"

妈指一指我坐的那侧："不用梦啊，你爸在那里，他跟我说的。"

我低了一下头，片刻不语，然后我点点头："那就换了吧。"

3

就这样和我妈坐在她的卧室说了一小会儿话，没有再说我爸，换了别的话题。我妈说，前段一单元的李大爷住院了，查出来是肝癌，兴许没多少日子了；说楼下的姚叔叔又去加拿大儿子那里了，听说那里空气特别好，水电都不用交钱呢；说前栋楼的于老师正在教八段锦，每天早上 6 点开始……

聊了半天，我去洗刷，换了睡衣去我的小卧室。前一段时间我回来，曾想和我妈睡一床，晚上陪她聊聊天，却被她拒绝了。

她说："不行，你睡这儿你爸睡哪儿？"

以后这个话题，我没有再提过。

两个卧室的门是对着的，都没有关。因为我爸不喜欢封闭的房间，觉得空气不好，很多年来，睡觉从来不关卧室的门。

现在，我妈依旧不关。

躺下来后，我翻看一本旧杂志，自敞开的房门空间，看到我妈先拎了小垃圾桶进了卧室，又出去端了我爸的杯子放在床头柜上，才睡下——我爸多年来有夜晚喝水的习惯，偶尔会吐痰。茶杯和小垃圾桶，都是每晚必须放置在床边固定位置的，只要我爸一躺下，我妈就会将这两样物件准备就绪了。

现今毫无例外。

4

小区里渐渐安静下来，我关了灯，躺在浅浅的黑暗里，听见我妈又开始像以往每晚跟我爸聊天那样，慢悠悠地说着我回来了，现在已经睡了；娃娃考试了，语文考了满分，数学不太好，只考了90分；楼下的两盆君子兰都端到阳台了，长得很好，那盆芦荟又发了两枝，刚移栽了一小盆出来，让我嫂子端走了。还有家里换了新的锁，旧锁坏掉了，钥匙已经挂在我爸那串钥匙上了，是最长的那把。她说："你回来开门的时候可别用错了……"

后来，渐渐没有了声音。我光着脚下床走到我妈的卧室门边，听到她睡着了，呼吸均匀。

回卧室的时候我拐去了洗手间，看到我爸的毛巾明显刚刚洗过，正在晾晒——所有一切都是曾经的样子，门边的老位置摆着我爸的拖鞋；衣柜里挂着他应季的衣衫；阳台上是我爸养的花草；电视机柜上的玻璃缸中，我爸养的两条金鱼依稀长大了一点点，不知疲倦地游来游去……

全家人作息时间也如曾经：每晚10点前睡觉，早上7点起床。我爸军人出身，三餐的时间也都是固定的，早餐尤其准时，7点半准时开饭，迟一点儿我妈就会催我们："快点，别磨蹭了，你爸饿了。"

餐桌上，每天早上都有一个加糖的荷包蛋或者八宝粥，晾一会儿后端进卧室。我爸血糖不高、偏爱甜食，早点总会准备一两样。

午餐和晚餐必定是要有稀饭的，不管炒什么青菜，都要加一点肉丝，鱼要红烧、凉菜多醋。主食多为发面饼或馒头，每周顶多吃一次米饭。早饭后的茶壶里，永远飘着茉莉花茶的清香……从小到大，我爸的生活习惯就是全家人的生活习惯，我妈是忠实的执行者，从来没有过异议。

现在，这样的生活习惯，依旧在我家有条不紊地延续着，照例以我爸为中心。

第二天起床后，我把我妈准备好的茉莉花茶倒出来，喝了一小杯，我妈看了我一眼："喝完了续上点儿去，你从小就爱喝你爸的茶水，从来都是喝光了不给他添！"——曾经，我爸从来不因为这件事吵我，总是一次次用宠爱的口吻说："闺女，让你爸干吃茶叶吗？"

其实他们知道，我是故意的，故意让他们，多跟我说句话。

5

趁我休假在家，我妈重新整理了衣柜，将所有夏装、秋装晾晒装袋，棉衣取出来一件件悬挂。我爸的衣服挂在中间那一档，我妈边拍打一件深灰色羽绒服边说："你爸说这件衣服是你买的最合适的，他比较喜欢，今年还想要一件新的，他跟你说了吗？"

我站她背后点头，"说了。"

我爸的确说了，去年春节的时候，他说如果还能买到，就再给他买一件同样的，说没穿过那么可体的羽绒服呢！

记得当时我问他："买件别的颜色吧。"他摇头，坚持要这种深灰色的。我便笑他："哪有人同样的衣服买两件啊？"他的口气就任性起来："你老爸就是。"

我答应了他，但回去并没有买，是想了今年会有更好的新款，没准他会更喜欢。只是现在，还需要买吗……正想着，我妈回头说："你别忘了啊，要一样的。你爸一辈子就那脾气，较真。"

我怔了怔，点头。然后，忍了一个晚上的眼泪，忽然就再也忍不住了——那是我爸去世后的第一百天，日历上写着：霜降。如妈所说："夜凉了，也长了好多。"

这世间，又一次偷换了流年。

而一百天后，失去亲人的疼痛已经在时间里慢慢变淡变浅，我和哥他们，我们都接受了失去最爱的那个人的现实，确定我爸不在了。是真的不在了。

我妈却不这样想。

我记得很深，我爸离开那一天，她并没有深刻地悲伤，没有号啕失态，她就是静静地，看着他走了。

之后的每一天，我妈都没有怎样悲伤过。她过着和从前一样的日子，所有一切如同我爸在时一模一样，照例给我爸做饭，陪他聊天，和他一同入睡，照顾他的饮食起居，和我爸在世时，没有分毫改变。

我们曾害怕我妈是悲伤过度，才导致如此恍惚，如此偏执。过了这么多天，看来并不是，她的神智非常清晰，她只是坚定地相信，我爸还在。她感觉得到，他依旧在这个家里。

而此刻，眼泪落下的这一刻，我相信了她的确定：因为她的不忘，所以，我爸一直在她的生活里；因为他们是伴侣，所以，一个人活着，两个人就都活着，相依相伴。

——毫无疑问，这是我所看到的这世上最好的爱情，没有之一。

兜兜的棉花被

小的时候，
跟着外婆在乡下，
她种植棉花，
跟在她后面采摘过新棉。
我知道新棉的味道，
那种淡淡的清香。

1

她发给我的第一篇文章，有短短附言：我在深圳，而你在我的家乡。

这句话，带给我异样心绪。一点感动，一点酸涩。

电子信箱里收到的，多是自由来稿，来自陌生的作者。熟悉的，大多会自 QQ 或 MSN 传来。很多时候信箱里的邮件不会认真阅读，积得久了，一并删除。

那天，是无趣吧，打开了所有邮件，看到了她。

竟是很精致的文字，写爱情，只是过于冷冽，字句间有一种独特的断裂感。并不适合我们杂志，包括故事风格。可是这样的文字，我却异常喜欢，还有她那两句短短附言——彼时，是我到西安的第三个月。为了一份工作投奔过来，历史悠久的偌大城市里，没有熟悉的人，只有认识不久的同事。我本就内向，大家白天一起工作，下班各成陌路。漂在异乡的孤独感正浓，也许，她是有感而发地说了两句话，却正中我心底。

于是回了邮件。

几天后，她有信件回过来，不是稿件，是信件。又似是自说自话，说天气，说心情，说前一晚在街角邂逅的卖甘蔗的女孩，还有正在学习的十字绣，然后她说，我记得管城那边有家卖羊肉泡馍的小店，味道很不错的，可以去尝尝……随意，却是两个陌生女子之间，最合适的说话方式，既不唐突，亦不刻意。

一切都是那么自然。

那天晚上，我独自去了管城区的那家小店，吃了她说的羊肉泡馍，吃了两个。嗯，味道果然很正。不知为什么，吃着吃着，我独自笑了起来。站在 10 月的郑州街头，心里有一点点温暖。

2

开始用她的也是我如此喜欢的方式回信给她，说了羊肉泡馍，说了出售肚兜儿的一家小店，说了公交车上眼神酷似梁朝伟的男子……依然是在租来的因为不朝阳略显清冷的小屋，和她说话，孤单不再显得那样突兀。

就这样开始了和她的交往，没有电话，没有QQ，只有信件。甚至在曾经她写过的文章后面，也没有更多信息，只有一个地址。我不知道她是否知道，这亦是我喜欢的方式，只是这么多年，那些曾在年少时和我信件交往的好友，都被时光慢慢淘走。生活节奏那么快，早已没有人再继续用这样的方式陪我。

没想到，她来了。

她叫周可，小名兜兜。家在焦作，离郑州不远。

我喜欢叫她兜兜，想象中，该是个和我一样个头不太高，圆脸，有依赖感，怕孤单，但又不肯轻易对人倾诉的小女子。

认定的她，让我觉得熟悉。

信开始越来越频繁，也越来越长。这样的倾诉对我，又是如此安全，那个秋天，除了孤单，我还在暗恋一个年长我十岁许的同事，不敢表白，不能表白，却又不想放弃……

兜兜不劝我，只是听，后来说，喜欢就喜欢了，又不是错。不说也好，说了，不见得好。

话有点拗口，我却听明白了。不知怎么，心里那个小小的扣被解开了，一直以为是死扣，原来是我自己没找到解开的方式。

后来再见到那男子，依然是觉得喜欢，却不再因为那喜欢而慌张，在他面前，也落落大方起来，反倒让他对我比曾经好了许多，亲近许多。很安全的距离，我开始学会享受在那个距离之外被他宠爱。

是兜兜教我的，显然，她的心智比我成熟。说给她听，她说，因为在家里，我是姐姐，你是妹妹，姐姐总是成长得快。

没错，兜兜有个弟弟，而我有个哥哥，她说得有道理。

3

然后郑州的冬天就来了，没想到夏天那样炎热的中原城市，冬天也是那样地寒冷，小屋里从早到晚越发看不见阳光。没有暖气，一只陈年的电暖气暖不热漫长的寒冷夜晚。

去超市买了新的被子，又压上一层，却还是冷。那些各种棉质的被子，看起来厚厚的，却是轻轻的不抵严寒。

郑州好冷。我对兜兜说。

她说，不怕不怕。

我笑了，想起一首歌，不怕不怕啦……

却没想到几天后，收到一个大大包裹，寄自焦作。我从邮局将包裹扛出来的时候，忽然就明白了里面的内容。分明地，我嗅到了新棉的味道。小的时候，跟着外婆在乡下，她种植棉花，跟在她后面采摘过新棉。我知道新棉的味道，那种淡淡的清香。

站在邮局门口，我在棉花的味道里很没出息地哭了。鼻子一抽一抽，像受了很大委屈。没有人知道，我是因为幸福，因为温暖。

晚上，看到兜兜的邮件，妈妈的被子套得还是不错，棉花被子是最暖的。

我知道，棉花被子是最暖的，尤其是新棉，蓬松，柔软，却又能积蓄满满的温暖。

我换 QQ 签名，冬天再冷也不怕不怕了。

暗恋过的男子说，这段，你看起来快乐很多，恋爱了吧，天天劲劲儿的，走路都唱歌。

呵，恋爱了？恋爱哪有这么好呢？我又不是没恋过。我翻白眼给他。忽然发现，他对我而言，已经成为暗恋过。成了过去式。

我跑进洗手间，趁四下无人，笑得眼泪都出来了。

郑州的冬天，就这样在棉花被子的温暖里过去了，年也过去了。再回郑州，坐在火车上，我开始变得充满勇气，充满欣喜。

4

郑州的春天很美，满街高大的法桐树，一些古老巷道，还有着生长多年的槐树，开满树的花。我喜欢在很多巷子里走走停停，充满欢喜。不像一个人在走，总觉得有影子在身边跟着。让我走很久也不觉得孤单。

我知道是兜兜。

季节轮回到夏天，兜兜寄了大包的决明子和质地上好的白菊花给我。她说每天喝一些，对眼睛好。

已经开始坦然享受她对我的好。从不说谢。无须说谢。

然后，又一个秋天开始的时候，是 9 月的黄昏，快下班时，传达室打电话说，有人找我，说是我的弟弟。

哪里来的弟弟？我疑惑着下楼穿过小小的院子去门口，看到一个高高的男生正站在那里，一手插在牛仔裤兜，一手拎着背包，很英俊，很帅气。

我走到他面前停下来，指指他，指指自己，面带疑问。

姐，我是周童，兜兜的弟弟，我考到郑大了，上午刚报到。

我愣片刻，大叫一声，却不知道该说什么，兜兜没有告诉我，她什么都没有说，我没有想过她口中的弟弟，是个这样英俊的帅小伙。

他嘿嘿地笑，兜兜说，来了先让你请我吃饭。

请请，天天请！我看着他，怎么看怎么亲，像我自己的弟弟一样。

那天，我带他去吃海底捞，19岁的男孩子饭量真大，又爱吃肉、吃海鲜，一直把我的钱包吃得空空。我想起曾经对兜兜说，我是个爱财的小女子。可是这一次，我一点都不觉得心疼，不停给周童夹菜，只怕他吃不好吃不饱，看着他在那里饕餮，也只觉得幸福。

很幸福。

5

从此日子里就多了一个亲人。

周童这小子，果然不省心，周末来蹭饭是一定的，自己来还不算，偶尔还带同学，先是男生，后是女生，十八九岁的小女孩子，跟在他屁股后面柔情脉脉。男生会说，有个姐真好啊。女生却是讨巧的，生怕会在我这里遇到阻隔。

而我，一下子就学会了当姐。衣服要给他洗，鞋子要给他刷，还要和他分析他身边这些花红柳绿的女孩子，却往往意见不一致。说不到一处时，我会兜头给他一巴掌，这事儿，姐说了算。

他虽然翻着白眼，但是下次，我看着不顺眼的女孩子，他就不再带。

闲了，周童也会被我拉着去逛街，陪我买衣服，很有耐心，且眼光固执，他若不喜欢的，我别想带走。不过，他选中的，也往往会被同事称赞。走在街上，那么高大帅气的弟弟跟在后面，我底气十足，觉得连强盗都不怕。

那半年，我一分钱没有积攒，都请周童吃肉了。我对兜兜说，心疼死我了。兜兜说，幸福死你了怎么不说？

她当然知道我幸福，她把弟弟送给我，就是要让我享受这种幸福。我不过是得了便宜且卖乖。

有时周童会在周末回家，我会买些东西让他带回去。先是一切特产，然后，会给家里老人买件衣服，买双鞋子。买什么周童都不客气地带走。而他回来，自然也会带一些母亲做的小吃回来。我已经拥有了厚厚薄薄四床棉花被子，富得像个地主。周童说，妈说了，等你嫁人时，一定给你套十二床被子……

没错，在离家遥远的郑州，兜兜用这样的方式给了我一个家。她没有告诉我她想这样做，她只是这样做了。我没有告诉她我在这里已经有了在家的感觉，但是我知道，她知道。

好多话，我们说了，好多话，我们从来不说。

6

终于在我们相识近两年后，兜兜说，要回家看看了。

我说好啊，回来吧。而在我和她这样的往来中，我们竟然从来没有说过要见面，好像并不需要，好像每天都见。

她说，是，我们一起回家看妈妈。

　　然后在我们说过不久，郑州最好的季节到来了。4 月底的郑州，我喜欢的槐树挂满了小小花苞。住处门前的那棵槐树底下，兜兜站在那里。

　　她和我想象的完全不同——高，有点瘦，时尚，漂亮，神情中充满一个女商人的干练。没错，兜兜不是个写字的女子，只是喜欢偶尔写一写。她是一个年轻的成功女商人，且已有了婚姻和一对龙凤胎的儿女。她不是我这样的小女子，从来都不是。

　　她先开口，是否，我和你想得不一样？

　　我不说话，点点头，走过去拉住她的手说，走，我们回家看妈妈。

天堂的盛宴

那些不好的事，
还是在她有生之年排着队整整齐齐地来了，
像赴一个既定的约会，一件件、一桩桩地准时到达……

1

周末回家，吃晚饭的时候，我妈忽然想起来对我说："你范姨走了。"

"去哪儿了？"我嚼着饭菜含糊地问。

我妈就伸出手指指上方。

我一抬头，看到白色的天花板。愣了愣，旋即明白过来。我妈说的上方，是天花板和楼房之上的上方。

是天堂。

我冷不丁被噎了一下。

　　我妈说："她是心脏病突发，走得很快，对她来说，也算是个好结果，不然等到日后，其他并发症都出来，她可有罪受了。"

　　我妈说的也是，范姨有糖尿病，还很严重。但她一点不在乎，不打针、不吃药，照常大吃大喝，依旧是过一天痛快一天。旁人看不过，说范姨这是自己找死。

　　所以，这种身体状况，死亡不是什么突如其来的事，不过我还是觉得有些突然，范姨那人，太热闹，热闹到总给人错觉，觉得她能把所有不好的事都赶走。

　　可是并没有，那些不好的事，还是在她有生之年排着队整整齐齐地来了，像赴一个既定的约会，一件件、一桩桩地准时到达。比如孤独、贫穷、离异、疾病，还有最后的死亡。

2

　　范姨其实是有来头的，娘家在省城济南，是地道的大城市的人。

　　范姨是早些年的知青。

　　20 世纪 80 年代中期，爸爸从青海某部队转业到鲁南"苍山农场"的时候，大多数知青都已经各显神通回城了。

　　范姨是例外，因为她早早嫁了当地人：县机械厂的钳工。

后来略略懂事的时候，听大人说，当初范姨的家人其实也不想让她回去，所以没有人管她。她来农场这些年，既没有家人来看望，她也没有回过家。在那个年代，对于有诸多孩子的大家庭来说，范姨这样一个"缺心眼"的孩子，他们或许更愿意"眼不见心不烦"。

没错，范姨"缺心眼"。

她嗓门大、爱咋呼、说话又没头没脑，贪吃，相貌也极不好看，我记忆中多年来她一直是那副样子：一年四季颜色暗淡的粗布衣裤，换季时才换衣；头发终日呈现多日不清洗的蓬乱；走路不利落，拖拖拉拉，有点一瘸一拐的感觉，但双腿其实并没有毛病；皮肤暗黄、枯燥，一对门牙是后来镶的，有刺眼的金边……

因此，范姨还有个绰号"范大牙"，连农场的小孩子都跟在后面这样喊她。

我算是有规矩的，因为爸妈家教严，所以见了面，会喊她一声范姨，却又忍不住偷笑。

她的样子是可笑的。她自己不觉，敞亮地答应着，声音大的，把我震半天。

她说话一直是地道的济南口音，那口音实在不太好听，我曾以为大城市的人都是讲普通话的。但范姨实在没有什么大城市的气质，除了口音，她和那种土气的农村妇人并无二致。虽然她常常头头是道地说起那个城市的繁华。但因为她，好多年来，我都对济南失去了本该有的向往。

其实那时候范姨还年轻，只是看上去灰扑扑的，没有年轻女子的朝气。

她嫁的男人，和她倒是般配，大个子大脑袋大嗓门，没什么文化还特别轴。是旁人介绍他们认识的，男人家里兄弟姐妹众多，家境贫寒，到了30岁还没有姑娘肯嫁。范姨虽然相貌差、"缺心眼"，但到底是工人身份，有工资，不用他养活。而范姨能找个男人，也不易，连农场开拖拉机的青年都不愿娶她。

所以他们俩，也算般配。

结婚后范姨的家就安在农场，她以前的单身宿舍，一间房子，外面搭了个棚子，当厨房用。男人上班的机械厂离农场大概十几里路，他还动辄上夜班，所以不常回来。范姨大多时间还是一个人过日子。

不过范姨的日子过得委实热闹，因为她爱吃，在吃这件事上花样百出、乐此不疲。我妈说，她一定是小时候饿怕了。

那时候我的疑惑是，大城市的人，也会挨饿吗？

3

对于吃，农场那地方倒是有得天独厚的条件，各种农作物在春秋两季旺盛蓬勃。范姨那间小屋里，总会有烧青麦、烧玉米、烤豆子、烤红薯或煮花生的味道。

范姨从不在乎那些东西是公家的，用她的话说，她也是公家的，公家的人吃点公家的东西，没啥。所以，虽然常常被看管人员抓个正着，但范姨屡教不改、照"取"不误。

我们这些小孩子，也常见蓬头垢面的范姨拎着个袋子，从某块麦子或玉米地里钻出来，全然不管身后的人追着喊着。她只是把袋子往肩上一甩，一瘸一拐地跑得到快。

只要东西背回家中，旁人也就不好上门追讨了。范姨把门一关，则开始做自己的"纯天然大餐"。

所以，范姨是农场有名的"破坏分子"，但她挨批评从不在乎，一边听一边哈哈哈——范姨的"缺心眼"大抵由此而来，正常人谁会那么厚脸皮？何况是个女人。

慢慢地，也就没有人跟她计较了，都不把她当正常人看待。

但范姨又很大方，遇见从门口经过的小孩子，捧出吃的就往怀里塞。所以小孩子倒是爱去她那里凑热闹。我尤其喜欢看范姨烤东西的过程，她把豆子、玉米或花生埋在刚刚熄灭的火堆里，香味慢慢散出来，再等片刻就可以扒拉出来吃了，吃得一脸一手黑。可是很香。

食堂更是范姨常去的地方，她爱吃，也舍得吃，那好似她人生唯一的乐趣。食堂里少有的三两份荤菜，她是为数不多的长期购买者之一，且只要有荤菜，决不吃素菜。宁肯衣无棉，不可食无肉——有人算过，范姨的工资，都送给食堂了。

范姨还在宿舍前的空地上养了一群小公鸡，养几个月，开始一只只捉来吃肉。

而范姨的男人好酒，大凡范姨杀鸡的时候，男人都会喝醉。平时寡言的男人，喝醉了性情大改，发脾气、有时候还动手，追得范姨满农场地跑。

后来范姨不跑了，看男人喝醉酒，也倒上一杯一口气干了，然后跟男人对打。她倒也不很吃亏，但最终一般是两败俱伤。

范姨家的斗争，也是当时农场的一景。

但打完了，范姨一家，日子照过、肉照吃、酒照喝。

据说范姨就是那时候喝着劣质的高度白酒练出了酒量，并也慢慢对酒有了嗜好。不过范姨更喜欢喝啤酒，因为"好喝，甜兮兮的，像汽水"。

4

这样打着打着，范姨也有了两个女儿。大女儿几乎是范姨的翻版，模样粗糙、大嗓门，包括不太精明的头脑，不像其他小女孩喜欢洋娃娃和花裙子，一门心思就是吃。每天尾巴一样跟在范姨后面吃得不亦乐乎，像个蓬头垢面的小乞丐。

小女儿却完全相反，相貌既不像范姨也不像范姨的男人，是个很机灵乖巧的小姑娘，水汪汪的大眼睛骨碌碌地。

果然，范姨的大女儿读到第三个一年级时，小女儿已经跳级也去读三年级了。

显然范姨的小女儿不喜欢妈妈也不喜欢姐姐，她天生的聪慧让她本能地将自己和妈妈及姐姐区别开来。她从来不和她们一起，很小就懂得把自己收拾得干干净净。如果有人在她面前提起妈妈和姐姐，她会躲避——或者如范姨那些正常的家人一样，那么小的女孩，已经以母亲和姐姐的相貌、行为为羞耻。

所以她想摆脱她们，便更加努力学习，中学考去县城的重点学校，开始住校后，很少再回家。

慢慢地，大家几乎忘记了范姨还有那样一个女儿。

范姨却总是乐呵呵地提起来，说小女儿又考了多少分、得了什么奖。显然，范姨以小女儿的优秀为荣，也似乎感觉不到那丫头对她的厌弃。但范姨也从来不觉得大女儿有什么不好，嘻嘻哈哈地将大女儿养得又黑又胖。

范姨的大女儿最终在十五岁那年勉强读完了小学，长得高高壮壮，没有再继续念书，开始跟着范姨去田地里干活。娘儿俩每天形影不离，干活舍得力气，吃东西更舍得。

5

几年后，范姨的小女儿顺理成章地离开了家，去往了范姨的家乡城市济南。据说范姨的家人非常热情地接纳了那个聪明优秀的孩子。

范姨的小女儿，从此成了外婆、舅舅、阿姨家的一分子，这让范姨无比感动，祥林嫂似的四下传播。我却觉得，也许那一家人对范姨小女儿的爱，是多年后他们良心发现，在补偿对她的亏欠吧？

谁知道呢！但范姨是从来没有过抱怨的，好像她的大脑里，没有怨恨这种元素。

而范姨最为骄傲的小女儿，从此没有再回来过。

就在范姨的小女儿大学毕业的时候，范姨的大女儿也嫁了人。是县城里一个修理自行车的男人。男人个头很低，左腿略有残疾，也是年龄不小了却没有娶上妻。而范姨的大女儿和范姨当年一样，想找个人嫁亦不容易。

好心的人撮合了范姨大女儿的婚事，范姨和大女儿对此没有任何异议，并且范姨很知足——大女儿从此有人养活了。并且那个修自行车的男人，脾气还极好。不介意娶了一个贪吃的妻子，还跟着一个贪吃的丈母娘。

很快，范姨的大女儿就有了孩子，范姨立刻离开了农场，去到县城租了间小平房住下来，帮女儿带孩子。

彼时，农场已经实行了个人承包，范姨这个年龄的人，也就提前几年办理了内退，工资不高，也只够温饱。

那时候，我们家也搬到了县城，倒是离范姨住的地方不远，只隔一条街。所以，我妈还是能常常和范姨见面，同样在外地读完大学并工作的我，也因此常常可以获悉范姨的消息。

6

范姨去到县城不久后就离了婚，范姨的男人也到了退休的年龄，酒风越发差了，终于一次酒醉后和女婿发生争执，竟然用刀子将女婿捅成重伤，被判入狱。

范姨果断地和男人离了婚，在此时的范姨看来，女婿和自己是一家人，但丈夫并不是。她和大女儿一起悉心照顾女婿，只是女婿伤好以后，修理店的一些活干不了了。

范姨和大女儿一起在县城郊区找了块地，种粮食、养鸡养鸭。那是范姨和大女儿擅长的活络，再加上范姨的退休工资，吃得照常比平常人家好许多。

我妈说，常常见范姨骑着三轮车，车斗里坐着脏兮兮的外孙和一车的菜。肉是少不了的，还有啤酒——范姨也越来越离不开啤酒了，并号召女儿、女婿一起喝。每天晚上一家人总要做几个菜开几瓶啤酒。连市场卖菜的都知道，那个咋咋呼呼的女人，舍得吃舍得喝。

过了50岁的范姨更是不能看了，胖了许多，依旧穿得灰扑扑，依旧蓬头垢面，头发已经半白了。有次我回家，在街中遇见她，竟然没有认出来，直到她扯开嗓子喊我，我看到她醒目的那对金牙，才恍悟，是范姨。

如我妈所说，她骑着三轮车，带着已经五六岁的外孙和一车的菜，有排骨，还有啤酒。那种成扎的当地产的廉价啤酒。

见到我，范姨很高兴，问东问西，问完了，想起来让外孙跟我打招呼。小家伙看着倒是机灵，虎头虎脑的样子，但显然很骄纵，并不理会范姨的引导，只嚷着要吃西瓜。

范姨就去买了个很大的西瓜。听我妈说，范姨已经到了正式退休的年龄，工资涨了一些，但每个月依旧剩不下钱，我妈的形容是，"比过去的地主还败家"。尤其娇惯孩子。从自己的女儿到外孙，范姨都惯，惯的方式是食物，只要孩子要吃的，有求必应。

忽然觉得，也许，是范姨童年时缺失得太多，包括承受的饥饿，所以才会下意识地把自己欠缺的还给孩子。

是不是这样呢？

7

大约三年前，范姨查出了糖尿病。那个吃法、喝法，身体能好才怪？我妈说，她血糖高得吓人，开始有轻微并发症。但范姨却不管不顾，不治疗也不忌口，照旧吃喝。

都是上了年纪的人，有一次，我妈忍不住去劝说范姨，让她爱惜自己的身体，忌忌口。范姨却笑呵呵地说："不能吃肉、不能喝酒，活着也没啥意思。"

范姨倒是真不怕死，也不听医生劝告，继续我行我素，穿旧衣、住矮房，大口吃肉、大碗喝酒，轰轰烈烈地骑着三轮车穿梭在菜市场……丝毫不像个病人。那架势，反倒是让人感觉她能天长地久地活下去。

但终究是错觉，范姨，终究也只活到了 60 岁。她在新年到来之前的那个午后离去了，很突然很迅速也很果断，几乎什么都没有留下——没有存款，住着租来的旧房子，柜子里为数不多的陈旧衣物。她唯一的财产，是一份重大疾病的保单，留给大女儿的。

没有人知道范姨什么时候去办了这份保险，范姨太不像那种会办保险的人。但保单却真实存在。

这样一个人，我知道，很快就会被全世界遗忘，很快很快。

就在知道她离开的那天晚上，我清晰地想起了小时候范姨塞到我怀里的那些香喷喷的烤花生、烤红薯、烤玉米……想起她说过的话：这辈子，够本了。

人生，够本就好。

走好，范姨——天堂早已摆好盛宴。

姑娘，你配得上一切美好

小溪，
你并不知道这一刻我有多么感谢你，
感谢你用根植于心底的阳光，
战胜了人生附加给你的残酷，
感谢你在经历了这样的大起大落之后，
心底依然有爱有温暖。

2016年，从夏天到冬天，我一直在深深担虑着一个女孩子。

她叫陆小溪，26岁。

1

其实，我和小溪不算熟，有那么两次很浅的交往——浅，是因为时间短，事情小。

大抵是2010年，她还在上海读大学，想把自己写的一些小散文做个集子，她的母亲和我所在单位一位姐姐熟悉，于是，同事姐姐推荐了我帮她把把关，写个序言。

那是暑假里，小溪自己把书稿送了过来。

于是，我在那个夏日的午后第一次见到她。

小溪很高，大抵有 180 厘米，略瘦，剪干净短发，白 T 恤，牛仔裤，球鞋。不是特别漂亮，却是眉清目秀，气质清爽，举止落落大方，神情却内敛羞涩。

有极其诚恳透彻的眼神。

每一句话的开端都带着"您"，收尾都带着"谢谢"，却并不显刻意，那种良好家教不动声色地显现在女孩每一个用词、每一个眼神、每一种表情里。

起初是有些压力的，那时的小溪，20 岁出头，我接触了太多那个年龄的孩子，大多骄傲自负，要么桀骜不羁，少见这么低眉顺眼的。

尤其，见面之前，对她的家境也略知一二：小溪是个有背景的女孩子，直白说，富二代。这个女孩，出生的时候，外公家便富甲一方。父亲也是经商高手，她自小，便过着优越于同龄人很多倍的生活。之前我见过她母亲一面，丝毫没有富贵太太的傲娇气，反倒是有着极其谦和优雅的大家闺秀气质。

而她，除了浸染了许多母亲的气质，便是她自己特有的青春、阳光、干净、温和。

于是，她开口说第一句话，露出微笑的时候，我放下心来。

我喜欢这个女孩。

2

留下书稿，我看了三两日。

文字和她的气质很像，小清醒，小唯美，小自由，却有干净有理想，有 20 岁特有的傲然，也有阳光灿烂的正能量。却也喜欢张爱玲啊，写了关于她的小诗，放在文章里。

其实没有什么需要修改的，她的文字，已经完成了属于她的完美。

我只是写了一篇一千字左右的小文，放在首页作为序言。

后面并没有署名，坦白说，我不觉得我的分量，够为这本书作序。没有推拒，是因为，凭直觉，我懂小溪。

如此就够了。

那本书，在秋天的时候出版。字数不是特别多，美编搭配了繁多手绘图画，很漂亮。

书出来之后，小溪自己拿了几本过来送我，一再说，爸爸妈妈都特别喜欢我写在前面的那段话。并且，小溪妈妈执意请我和美编吃顿饭。

推拒不过，一起吃了顿简单又安静的晚餐。

但那之后，中秋新年，都会收到小溪的祝福短信——她是我所接触的极其难得的会把别人的那一点点付出，认真放在心里的年轻人。

她和我同事的孩子一样，叫我小姨，又尊敬又亲切。

后来小溪读研，毕业，考上一所大学任教，之间换了两次号码，都给我发了短信过来。其实自 2010 年之后，我并没有再见过小溪，可是，她一直都用她的方式，美好地存在于我的生活里。

我格外珍惜她的存在。

3

变故发生在 2016 年夏天，同样是午后，和我初见小溪时差不多的光景。当初介绍我跟小溪认识的那位同事姐姐告诉我，小溪爸爸出事了，不仅公司破产，还因为经营中运用的一些不法手段，将面临牢狱之灾。

就那么一下子，我的心像被什么紧紧箍住一般，好半天，没有透过气——我不能想象，这样的打击对如此年轻的小溪来说，意味着什么。

还记得她深爱爸爸，总是不经意地在寻常话题里提起他来，言语里，深情中，不经意便透带着无限被宠的温软。

那一刻，她是个实打实的"爸爸的小情人"，即使旁观者，也会轻易探知他们父女情深。

对事情本身我无力评判什么，我只是为小溪难过，并且担心。

事情发生后的一段日子，我总是下意识想起小溪，想起她如今要面临和承担的，可能远比我想象得更多更艰难，心里就难过得不行。

便忍不住跟同事姐姐一次又一次询问小溪和妈妈的状况。

然后有一天，姐姐告诉我，小溪妈妈终是受不了打击，病发入院……不久，又得到消息，小溪家住的房子也被公司抵债，小溪开始帮父亲找律师，收拾父亲公司的烂摊子，应对各种债务人，还要去医院照顾妈妈……

我突然之间有些接受不了，那晚，从姐姐家出来，走在车水马龙的城市街头，走着走着，我放声大哭，竟然哭到不能自已。

却一直都没有勇气给小溪打个电话，或者是心里太清楚，在一个女孩子所面对的这样的人生困境下，语言太轻太单薄。

但是小溪，我牵挂她。我甚至忽然开始害怕，害怕年轻的她，会被这样的人生变故打倒，也许她会恨命运，甚至自己曾经最爱的亲人。

我害怕她会从曾经的善良诚恳，明媚阳光，走向另一个极端。

我害怕……

4

再有小溪的消息，已经是深冬。2016 年过到了最后，2017 年悄无声息到来。

消息很简单，事情都已了结了，小溪爸爸依然要付出失去自由的代价，小溪和妈妈，从此也将要重新开始生活，而这新的生活，有必需要还的债务，有和亲人的残酷分离，有过于沉重的责任……荆棘遍布。

但是，小溪对妈妈说："爸爸可能做错了事，可是，他从来没有对不起我，对我来说，他是个好父亲，我依然爱他，依然爱生活。"

听到这些话的时候，我和那位同事姐姐一家，在跨年。电视机传来跨年的歌声，我们喝了一些红酒，我握着酒杯，静静地听姐姐说完，眼泪就轻轻地下来了。

小溪，你并不知道这一刻我有多么感谢你，感谢你用根植于心底的阳光，战胜了人生附加给你的残酷，感谢你在经历了这样的大起大落之后，心底依然有爱有温暖。

这是 2017 年，我所收获的最好的礼物。

而我知道，无论失去什么经历什么以后遇到什么，小溪，你都会配得上一切美好人生，因为这份美好，是你为自己种下的。

善良很温暖，也可以很好看

如果说她的让座只是一个小小的善良之举，
那么，让座后躲到远远的位置，
便是这善良一幕的好看之处。

　　一个周六的下午，我去博物院的大讲堂听了一场讲座。其实平日里并不太喜欢凑这样的热闹，但那次的主讲，是我一直喜欢的中国民族大学历史系蒙曼教授。

　　我是她的粉儿啊。

　　毫无疑问，蒙曼教授的粉儿太过，虽然提早去了半个小时，但到达后，演讲大厅里也已人满为患，我能选择的，只是座位中间的走廊后面一个窄小空间。

　　那位年过七旬的老先生，是在开讲后几分钟走进来的，确切说，是挤进来的。

　　挤入人群，老先生环顾四周后，也只得站在了我身边不远处——靠前的走廊早已经坐满听众。

但许是腿脚不方便站太久，过了片刻，老先生自随身带的包里拿出一个薄薄的购物袋，沿着通道朝前走了几步后，在极其窄小的空间里，将购物袋铺下，在靠右侧座椅的位置坐了下来——还好，两个年轻人尽可能缩紧身体，给老人腾出一个可以坐下的位置。

是大理石的地板，很硬，坐在那里并不舒服。两旁座椅上，虽也有人看到老人，却并没有谁让座给这位老先生——这不是乘坐公交车，三站两站路的时间不算什么，这场讲座需要两个半小时，不让座，无可厚非。

看着老先生消瘦的、微微佝偻的身影和满头的白发，我却还是有些不忍。

如此过了大约十几分钟，老先生右旁的一排座椅中间，一个女孩子忽然站了起来，弯身路过其他座椅上的人走出来，走到老先生身边，弯下身，轻轻拉了拉老先生的衣袖，低声和他说了句什么。

老先生连连摆手拒绝，女孩却很坚持，拉老先生起来，指向自己的空座。

他们有简短的几句对话，两个人的声音都很低，旁人听不到。想来，是一个让座，一个不肯。但最后，老先生还是没有坚持过倔强的女孩，去了她位于中间的座位。而女孩在看着老先生入座后，轻轻舒口气，却并没有选择老人空出的小空间，而是转身去了远一些的另外两排座椅间长廊后面的位置，站在那里——那个位置，和老先生所在的位置相隔很远，隔着那么多人，谁也无法再看到对方。

我在诧异了片刻后，心忽地那么一暖，因为忽然之间，我懂得了女孩的用意——如果说她的让座只是一个小小的善良之举，那么，让座后躲到远远的位置，便是这善良一幕的好看之处了——她不想离老先生太近或者干脆就在他眼前，让老先生每每看到她站着或者坐在地板上，心里都不安。

那干脆让他看不到好了，让他坐得安心坦然。

这让我感动。

说白了，让座这种事，当真是再小不过，就像有人说，对于善良的人来说，善良本来就是一件小事，是本能。

我信，我信善良是善良者的座右铭。但是生活中，能常常去做这件小事的人，其实并不多，而能把善良做得好看，除了本能之外，还要有后天的修为。

善良很温暖，还可以温暖得很好看。

就像那个女孩子。

我想那一天，所有和我一样目睹了女孩让座一幕的人，都有同感吧。